AF388024

Die drei Kapitäne

Eine Seegeschichte von Friedrich Meister

Neufassung und Digitalisierung von Peter M. Frey

Bibliografische Information der Deutschen Nationalbibliothek. Die Deutsche Nationalbibliothek verzeichnet diese
Publikation in der Deutschen Nationalbibliografie; detaillierte
bibliografische Daten sind im Internet über http://dnb.d-
nb.de abrufbar.

Die drei Kapitäne
Eine Seegeschichte von Friedrich Meister
Original um 1900

Neufassung und Digitalisierung von Peter M. Frey.
In der Neufassung nimmt Peter M. Frey leichte
Veränderungen am Originaltext vor, die der Lesbarkeit und
der Übertragung in die heutige Zeit geschuldet sind. Ziel ist
es, den Charakter des Originals so weit wie möglich zu
erhalten. Im alphabetisch geordneten Glossar finden sich
Erläuterungen zu Fachbegriffen aus der Seefahrt.
Peter Frey arbeitet als freier Journalist und Autor in
Süddeutschland.

Friedrich Meister

Friedrich Meister wurde 1848 in Baruth in Brandenburg geboren und starb 1918 in Berlin. Er war ursprünglich ein Seefahrer der alten Schule. Zu seiner Zeit wurde der überseeische Handelsverkehr zum größten Teil noch durch Segelschiffe besorgt. Auf solchen Segelschiffen fuhr Friedrich Meister zehn Jahre lang durch alle Meere - die Polarmeere ausgenommen - und bei Sonnenschein und Sturm erlebte er manches Abenteuer. Dabei lernte er fremde Länder und Völker kennen. Er bereiste China, Siam, Japan und den Südsee-Archipel bis zur Küste von Neu-Guinea und nördlich davon, die Philippinen. Er war in Westindien, Nord- und Südamerika, England, Italien und Griechenland. Er sah die „Sultanstadt am Goldenen Horn", das heutige Istanbul, und die Westküsten des Schwarzen Meeres. In Japan erkrankte er an einem Augenleiden, das ihn schließlich dazu zwang, den Seemannsberuf aufzugeben. An Land wusste er zunächst nicht, wovon er leben sollte. Er versuchte dies und das und gelangte schließlich zur Schriftstellerei. Friedrich Meister ist Autor zahlreicher Jugendbücher.

Aus dem Vorwort von ‚Burenblut'

Inhaltsverzeichnis

Das Haus in der Jopengasse. - Die Flaschenpost. - Ein kühner Entschluss.

Der »Hochmeister« und seine Passagiere. - Die Meuterei. »Unsere Reise ist zu Ende«

Die letzte Mahlzeit an Bord. - »Die Hundsfötter kommen zurück« - Kapitän Gotthelf Winters Flucht.

Glück und Geld sind die Passatwinde des Erfolges. Der Überfall am Frauentor. - Der Retter.

Philipp Ambrosius. - Keppen Reinhold Winter. - Supercargo Martin Hammer und Sekretär Paul.

Glasenschlagen. - Spuk an Bord. - Ein gekentertes Fahrzeug. Der fliegende Holländer. - Eine Botschaft vom »Hochmeister«.

Onkel Martin als Tröster. - »Schiff in Sicht!« Ein heißes Stück Arbeit.

Die Beichte des Meuterers. - Kriegsrat. - Der Sturm.

Erstes Kapitel.

Das Haus in der Jopengasse. - Die Flaschenpost.
Ein kühner Entschluss.

Ich führe meine jungen Leser in die ehrwürdige deutsche Seestadt Danzig. Dort in der Jopengasse steht heute noch das alte Haus, das den Helden meiner Geschichte in den dreißiger Jahren dieses Jahrhunderts (des 19. Jahrhunderts, Anm. Peter M. Frey) ein Heim gewesen ist.

Hoch und schmal ragt die Straßenfront des altertümlichen Gebäudes empor, nicht mehr als drei Fenster zählt es in jedem der Stockwerke. Vor dem Erdgeschoss lagert ein sogenannter Beischlag, eine mit Steinbänken versehene Plattform, zu der von der Gasse her eine bequeme Treppe hinaufführt, deren kunstvoll geschmiedetes Eisengitter in zwei großen, steinernen Kugeln endet. Ein alter Kastanienbaum wirft seinen Schatten über den Vorplatz.

Durch die reichgeschnitzte Haustür betreten wir den Flur, an dessen Wänden große, dunkel gebeizte Schränke stehen, oben mit bauchigen, blauen und weißen Vasen besetzt. Der Haustür gegenüber, zur Seite der breiten Stiege öffnet sich der Eingang zu dem Wohngemach der Familie.

An dem Tag, mit dem unsere Erzählung beginnt, saßen in der Abenddämmerung in diesem altmodisch ausgestatteten Zimmer zwei junge Menschenkinder, ein blondlockiger, blauäugiger Junge von etwa siebzehn Jahren und ein Mädchen mit schwarzem Haar und großen braunen Augen, das ein Jahr älter sein mochte. Beide waren Geschwister, die Kinder des Schiffskapitäns Gotthelf Winter. Der Knabe hielt ein Navigationsbuch in der Hand, schaute aber mehr zum Fenster hinaus als auf die Seiten mit den mathematischen Figuren. In ihm arbeitete große Unruhe. Endlich sprang er auf.

»Ich kann nicht mehr!«, rief er. »Wie soll ich lernen und stillsitzen, wenn die Angst mir das Herz abfrisst!«

»Sprich leiser, Reinhold, sonst weckst du Paul aus dem Schlaf«, entgegnete die Schwester, mit ihrem Nähzeug dichter an den Bruder heranrückend. »Du musst nicht so aufgeregt sein, noch ist ja nicht alle Hoffnung verloren, und Gott wird uns nicht verlassen.«

»Ich soll nicht aufgeregt sein«, murrte Reinhold finster. »Wie kann ich ruhig bleiben, wenn ich immer an unseren Vater denken muss? Schon vor fünf Wochen hätte der »Hochmeister« binnen kommen müssen! Du freilich hast gut reden, du denkst an nichts weiter, als an deine Näherei ...«

Ein vorwurfsvoller Blick des jungen Mädchens ließ ihn verstummen. Ihre sonst so klaren, dunklen Augen schwammen in Tränen. »Vergib mir, Luise!«, bat er. »Ich meinte es nicht böse. Aber ich quäle mich mit den schrecklichen Gedanken!«

»Glaubst du vielleicht, dass ich mir keine Sorgen mache?«, entgegnete sie. »Du kannst wenigstens noch aus dem Haus gehen, ins Kontor und zu deinen Freunden, und so Zerstreuung finden; ich aber bin den ganzen Tag allein und habe nur Paul zur Gesellschaft. Meinst du, ich grämte mich nicht um den Vater? Was aus uns werden soll, wenn ihm ein Unglück zugstoßen ist, das weiß der liebe Gott allein!«

Sie seufzte schwer und neigte den Kopf tief über ihre Arbeit, um dem Bruder die strömenden Tränen zu verbergen.

Reinhold, Luise und der dreizehnjährige Paul, die drei mutterlosen Kinder Kapitän Winters, waren gegenwärtig die einzigen Bewohner des alten Hauses in der Jopengasse. Hier waren die Kinder geboren, hier hatte die Mutter die Augen zur ewigen Ruhe geschlossen, und von hier aus hatte der Vater sich auf die weite Seereise begeben, von der er nicht zurückgekehrt war.

Ob sein Schiff, der *Hochmeister*, auf den Klippen des Indischen Ozeans gescheitert, ob es in einem Sturm untergegangen, ob es Seeräubern in die Hände gefallen war, niemand wusste es, da keinerlei Nachricht nach Danzig gekommen war.

»Es muss etwas geschehen, Luise«, fuhr Reinhold fort, indem er schnellen Schrittes im Zimmer auf und ab ging. »Wir dürfen hier nicht untätig sitzen, als ob uns die Hände gebunden wären!«

»Was aber soll geschehen?«, fragte das Mädchen in einiger Überraschung »Unser Geld ist bis auf einen kleinen Rest verausgabt, wir können also keine kostspieligen Nachforschungen im Ausland veranstalten lassen. Wir müssen Geduld haben, Reinhold; so lange ich arbeiten kann, werden wir nicht verhungern, und du verdienst ja im Kontor ...«

Reinhold unterbrach sie heftig. »Wie kannst du mir zumuten, noch ferner im Kontor zu hocken, während unser Vater vielleicht draußen in der Ferne sehnsüchtig auf Hilfe wartet!«, rief er. »Schon ist mehr als ein Monat seit dem letzten Termin verstrichen, an dem der »Hochmeister« zu erwarten war.«

Der Messingklopfer draußen wurde schwer gegen die Haustür geschlagen. Dumpf dröhnte der Schall durch den Hausflur.

Luise erhob den Kopf; sie war ganz bleich geworden. Auch auf Reinholds Gesicht wechselte die Farbe, als er nach vorn schritt, zu erkunden, wer da so ungestüm Einlass begehrte.

»Wer ist da?«, fragt er.

»Martin Hammer ist da«, antwortete eine starke Bassstimme von draußen. »Mach nur auf, mein Junge; ich muss sehen, wie es euch geht, wie die Seejungfer sich befindet.«

Trotz seines Kummers musste Reinhold lächeln. Auch Luise, die »Seejungfer«, die ihm auf den Flur gefolgt war, lächelte. Kapitän Hammer würde sicherlich nicht so scherzen, wenn er der Überbringer schlechter Nachrichten wäre.

Ein ältlicher Seefahrer, dessen breite Gestalt fast die Pfortenöffnung ausfüllte, schob sich geräuschvoll herein. »Sieh da, Reinhold, mein alter Bursche, was machst du?«, rief der Kapitän laut. »Und wie geht es der »Seejungfer«? Ach, da ist sie ja! Komm her, mein Mädel, gib mir einen Kuss! So war's recht! Süß wie Sirup! Und wie steht's mit dem kleinen Paul?«

»Danke, Onkel Martin«, antwortete Luise, mit dem Bruder den Kapitän in das Hinterzimmer geleitend. »Paul schläft bereits. Hast du Nachricht für uns?«

»Und du, Reinhold?«, wandte der Schiffer sich an diesen. »Fleißig im Kontor, he?« Oder schaust du noch immer lieber in den nautischen Almanach als ins Hauptbuch? Sitzest, wie früher, lieber im Segelboot, als auf dem Drehstuhl im staubigen Kontor? Ich glaub dir's, Junge.«

»Onkel Martin«, versetzte dieser mit bebenden Lippen, »wir sind in schweren Sorgen.«

»Ja, Onkel Martin«, sagte auch Luise, »recht in Not!«

»In Not seid ihr? Mein Gott, ihr armen Kinder! Hier seht hier - da, nehmt die Goldfüchse, sie sind ehrlich erworben. In Not also seid ihr! Ach, ach!«

»Nicht in Geldnot, Onkel Martin«, wehrte Luise tränenden Auges ab. »Wir haben noch immer von dem Geld, das der Vater uns zurückließ, und danken dir daher von

Herzen. Aber wir sehnen uns so schmerzlich nach Kunde von unserem Vater. Weißt du etwas über den Verbleib des *Hochmeister*?«

Damit schob sie das Häuflein Dukaten zurück, das der brave Schiffer vor sie auf den Tisch gelegt hatte. Wohl hatte er Kunde von Kapitän Winter, und gerade deswegen war er mit gefüllter Tasche gekommen. Aber die Kunde mitzuteilen wurde ihm schwer. »Du weißt etwas, Onkel Martin«, sagte Reinhold, dem Kapitän Hammer forschend in das wettergebräunte Gesicht schauend. »Lass uns alles wissen, und wär's auch noch so schlimm. Wir sind keine Kinder mehr.«

»Hm!«, machte der Schiffer, indem er die Dukaten langsam wieder in seine Tasche fallen ließ. »Hm! Hm! Freilich, etwas mitzuteilen habe ich. Darum bin ich auch hergekommen; ich meine, um das Ding mit euch zu überlegen.«

»Ist's Nachricht vom Vater?«, fragte Luise, in atemloser Erwartung die Hände auf dem Schoß faltend.

»Ja, liebes Kind, es ist eine Nachricht von eurem Vater. Ruhig, sage ich! Eine Post ist gekommen ...«

»Eine Post?«, rief Reinhold ganz erstaunt. »Woher? Ist's ein Brief? Von wem?«

»Eine Post von eurem Vater.«

Vor Freude weinend barg Luise ihr Antlitz in den Händen. Der Schiffer streichelte ihr sanft und zärtlich das Haar.

»Es ist eine Botschaft, die das Meer selber uns gebracht hat«, fuhr er fort.

»Das Meer selber?«, wiederholte Reinhild. »Dann ist des Vaters Schiff verloren!«

Luise stieß einen leisen Schrei aus.

»Ruhig, sage ich!«, knurrte der alte Seefahrer. »Behalte deine Weisheit für dich, bis du gefragt wirst, mein Junge. Wie kannst du die Seejungfer so erschrecken? Die Botschaft ...«, redete er weiter, sich zu Luise niederbeugend, »ist eine Flaschenpost, das heißt, ein Zettel in einer Weinflasche, die von Kapitän Nikolas Brumm am Kap der Guten Hoffnung aufgefischt worden ist. Und darum kam ich her.«

Reinhold und Luise blickten einander an; nach einer kleinen Pause sagte die Letztere: »Erzähle weiter, Onkel Martin; verschweige uns nichts, und wäre es das Schlimmste.«

»Nun«, antwortete der Kapitän, »dieses Schlimmste ist lange nicht so gefährlich, als ihr zu fürchten scheint; immerhin aber ist es schlimm genug. Die Mannschaft des *Hochmeister* hat gemeutert und ist hernach in den Booten davongegangen. Die Halunken wollen Seeräuber werden, wie es scheint ...«

»Seeräuber! O Gott!«, rief Luise. »Da muss unser armer Vater ja schreckliche Menschen an Bord gehabt haben!«

»Ja, Kind, ausersehene Schufte sind's gewesen«, nickte Kapitän Hammer.

»In welcher Gegend befand sich das Schiff, als die Meuterei sich ereignete?«, fragte Reinhold.

»Stopp!« Der alte Schiffer begann mit beiden Händen zugleich in seinen Westentaschen herumzugraben. »Ich muss den Zettel bei mir haben, wie mir einfällt.«

Er betrachtete erst den in der Linken zu Tage geförderten Krimskrams und sodann den in der Rechten. »Da ist er nicht«, brummte er vor sich hin und schob den Kram in die Westentaschen zurück. Nun holte er eine verwitterte Brieftasche hervor und blätterte darin umher. Vergebens. Schließlich machte er sich wieder an die geräumigen Westentaschen und brachte endlich mit triumphierender Miene ein zusammengefaltetes Stückchen Papier zum Vorschein, das er mit seinen schweren Fingern vorsichtig öffnete und auf dem Tisch ausglättete. Darauf las er den Inhalt des Papiers laut und langsam vor wie folgt:

»Indischer Ozean, 26 Grad 30 Minuten Südbreite und 42 Grad 20 Minuten Ostlänge. An Bord des *Hochmeister* von Danzig. Meine Mannschaft hat gemeutert und das Schiff verlassen. Da ich jedoch befürchten muss, dass die Leute mit einem in Sicht befindlichen Fahrzeug, das ich für ein Piratenschiff halte, in Verbindung stehen und in der Nacht den *Hochmeister* überfallen werden, so habe ich die Passagiere und die Wertkisten in zwei Booten von Bord geschickt und dem Schutz des Allmächtigen anbefohlen. Ich bin allein an Bord geblieben. Der Herr lenke mein Schicksal nach Seiner Weisheit. Meiner Tochter Luise und meinen Söhnen die innigsten Segenswünsche ihres Vaters, der sie liebt bis in den Tod. Gotthelf Winter.«

Er schwieg, nahm die Brille ab, schob sie ins Futteral und sah erst das Mädchen und dann den Jungen an.

»Mein armer, armer Vater!«, weinte Luise.

»Wir müssen ihm zu Hilfe kommen!«, rief Reinhold mit blitzendem Auge. »Wir dürfen ihn nicht im Stich lassen, jetzt wo wir wissen, was ihm zugestoßen ist! Was sagst du, Onkel Martin?«

Onkel Martin schnitt ein Gesicht und kratzte sich den kahlen Schädel. »Das ist bald gesagt«, meinte er. »Ich habe auf dem Weg hierher mit verschiedenen Schiffern und Reedern gesprochen, aber keiner wusste Rat. Wir müssen's überlegen, Sohn, aber ich fürchte, ich fürchte ...« Ein Blick in des Mädchens schmerzerfüllte Augen ließ ihn verstummen.

»Wir müssen's nicht nur überlegen, sondern wir müssen auch Mittel und Wege finden!«, rief Reinhold heftig. Des Jungen Antlitz glühte, und aus seinem Auge blitzte eine feste, männliche Entschlossenheit. Er ergriff Luises Hand. »Fasse

Mut, Schwester«, sagte er liebevoll. »Wir werden unseren guten Vater erretten. Eine innere Stimme sagt mir, dass er lebt und dass es uns gelingen wird, ihn aufzufinden.« Kapitän Hammer nickte langsam mit dem ehrwürdigen Haupt. Das kühne, zuversichtliche Wesen des Jungen gefiel ihm. »Ein echter Sohn seines Vaters«, sagte er zu sich selber, »ein Span vom alten Kernholz. Er hat Recht, es muss und soll etwas geschehen. Auf meinen Beistand kann er zählen. Vor allem aber ist Geld nötig, viel Geld.«

Und laut fuhr er fort:

»Wir werden das Ding im Auge behalten, Reinhold. Dein Vater hat viele Freunde hier in der Stadt, die können jetzt ihre Gesinnung bestätigen. Soll etwas unternommen werden, so gehört vor allem Geld dazu. Hast du das?«

»Nein«, antwortete der Junge, »aber ich zweifle nicht daran, dass die Danziger Reeder und Kaufherrn, die ja alle den Kapitän Gotthelf Winter kennen, mir behilflich sein werden, ein Fahrzeug auszurüsten, mit dem ich mich auf die Suche nach dem Verlorenen begeben kann. Und das weiß ich bestimmt: Da ist kein Seefahrer, kein Hafenbeamter, ja, kein Sackträger hier am Ort, der nicht mit Freuden die Hand bieten wird, wenn es gilt, meinem Vater in seiner Not beizuspringen!«

»So ist es und so soll es sein«, sagte Kapitän Hammer ernst. »Gott sei Dank, eines braven Mannes brave Kinder sind nie verlassen. Du hast Mut, Junge, das freut mich.«

»Ja, wusstest du das nicht längst, Onkel Martin?«, lächelte Reinhold. »Bin ich nicht Kapitän Winters Sohn?«

»Der bist du, und nun glaube auch ich, dass die Vorsehung dir und uns allen beistehen wird. Aber Geld, Kinder, Geld ist die Hauptsache. Wollen sehen, wie das Ding sich steuern lässt. Gute Nacht, Kinder, morgen bin ich wieder da.«

Er klopfte der »Seejungfer« liebreich die Wange und ließ sich von Reinhold auf die Stiege geleiten.

Kapitän Martin Hammer stapfte die Stufen des Beischlags hinab und steuerte der Richtung der Langen Brücke zu, wo in der Gegend des altersgeschwärzten, weit gegen den Kai überhängenden Krantors, das kleine Wirtshaus lag, das zu jener Zeit ein Lieblingsaufenthalt der Schiffskapitäne war.

Reinhold schaute der breiten Gestalt des Schiffers lange nach, dann seufzte er tief auf und ging in das Haus zurück. Er verschloss die Tür und begab sich zu seiner Schwester in das Hinterzimmer.

Eine Zeit lang saßen beide in nachdenkliches Schweigen versunken. Endlich nahm Luise das Wort.

»Reinhold«, begann sie, »habe ich dich recht verstanden, willst du dich selber aufmachen und unseren Vater suchen?«

»Das ist mein fester Vorsatz. Sobald ich gefunden habe, was ich brauche, mache ich mich auf den Weg.«

»Wirst du auch imstande sein, solch ein Wagnis durchzuführen?«, warf Luise ein. »Du brauchst dazu ein Schiff, Leute und Geld. Wir selber aber haben kaum noch so viel, um eine kleine Weile das Leben fristen zu können. Und wo das Schiff hernehmen? Und die Leute?«

»O, Leute finde ich schon«, antwortete Reinhold nach einigem Zögern. Seine vorherige Zuversichtlichkeit schien etwas wankend geworden zu sein. Luises praktische Behandlung der Sache brachte ihn in Verlegenheit.

»Bester Reinhold«, fuhr Luise fort, ihr Nähzeug weglegend und dann beide Arme um des Bruders Hals schlingend, »bester Reinhold, höre mir zu. Was soll aus Paul und mir werden, wenn du fortgehst? Es bleibt nur eins: Vaters Reeder und Freunde zu bitten, den *Hochmeister* aufsuchen zu lassen; den Reedern muss doch auch daran gelegen sein, ihr Schiff wieder zu erlangen, nachdem sie durch unsres Vaters Flaschenpost erfahren haben, dass es nicht zugrunde gegangen ist. Du aber wirst den Plan, dich selber aufzumachen, fallen lassen. Versprichst du mir das?«

»Nimmermehr!«, rief Reinhold, vom Stuhl aufspringend. »Unser guter Vater ist ein Opfer nichtswürdiger Schurken geworden, und ich soll keinen Versuch machen, ihm zu Hilfe zu kommen? Luise, ich verstehe dich nicht!«

»Beurteile mich nicht falsch, Reinhold! Ich würde nicht versuchen, dich zurückzuhalten, wenn ich die Gewissheit hätte, dass die Durchführung deines Vorhabens möglich wäre.«

»Sie ist möglich«, versicherte der Junge mit großem Ernst. »Wie, das weiß ich gegenwärtig noch nicht, aber die Mittel und Wege werden sich finden. Ich bin siebzehn Jahre alt, aber so groß und stark wie ein Vierundzwanzigjähriger. Auch habe ich so viel gelernt, dass ich jederzeit ein Schiff über See führen kann.« Er lief in hoher Erregung im Zimmer auf und ab. Die Schwester folgte seiner kraftvollen Gestalt mit den Blicken. Nach einer Weile blieb er vor ihr stehen. »Es lässt mir keine Ruhe, Luise«, sagte er. »Ich will Onkel Martin in der »Preußischen Flagge« aufsuchen. Ich muss mich gegen ihn aussprechen. Jeder verlorene Tag kann dem Vater verderblich werden.«

Luise stand auf und legte ihm die Hand auf die Schulter. »Bleibe daheim«, bat sie. »Ich glaube nicht, dass du Onkel Martin noch antreffen wirst. Dazu sind die Straßen zu dieser nächtlichen Zeit so unsicher. Bleibe daheim, lieber Bruder, ich bitte dich so sehr.«

Reinhold lachte. »Wer sollte mir etwas anhaben? Ich muss Kapitän Hammer noch aufsuchen, es drängt mich dazu. Ich habe das Gefühl, als triebe mich mein Schicksal zu ihm, gerade jetzt, in diesem Augenblick. Also lass mich gehen. Ich bleibe höchstens eine Stunde. Wenn ich wiederkomme, werde ich dir vielleicht manches Neue berichten können.

Damit holte er einen starken Knotenstock aus dem Winkel und eilte hinaus. Seufzend verschloss Luise die schwere Tür und setzte sich dann mit dem Nähzeug wieder vor die Lampe.

Zweites Kapitel.

Der »Hochmeister« und seine Passagiere. - Die Meuterei.
»Unsere Reise ist zu Ende«

Windstille!

Kein Hauch bewegte die schwüle, glühend heiße Luft. Unter dem brennenden Firmament, auf der ölglatten See, im Süden von Madagaskar, lag das große Danziger Vollschiff, *Hochmeister*, ein stolzer Ostindienfahrer, beinahe regungslos.

Windstille! Schweigen, tiefe Ruhe rings in dem weiten All, in den Ätherhöhen, wie in dem unermesslichen Rund des Ozeans. Im Inneren des einsamen Schiffes aber webten tödliche Leidenschaften, regte sich der wilde Geist der Meuterei.

Der *Hochmeister* hatte mehrere Kisten mit edlen Steinen von der Insel Ceylon und einen erheblichen Betrag des Geldes an Bord, den einige Handelsfirmen in Kalkutta an Danziger Großkaufleute abgesendet hatten. Durch diese Schätze war die Begehrlichkeit einiger der Matrosen geweckt worden; sie hatten versucht, die übrige Mannschaft zu bewegen, sich des Schiffes mit Gewalt zu bemächtigen. Der Anschlag war verraten worden, und der Kapitän, der die Sache vorläufig nur leicht nahm, hatte die Hauptschuldigen auf eine Woche krummschließen lassen.

Dadurch aber wurde den bösen Gesellen die Raublust nicht vertrieben. Kaum sahen sie sich wieder in Freiheit, so begannen sie aufs Neue mit ihren verderblichen Einflüsterungen.

Der *Hochmeister*, ein Vollschiff von fünfzehnhundert Tonnen, wurde von Kapitän Gotthelf Winter geführt, einem der bravsten der vielen braven Schiffer, deren Wiege in der altberühmten Stadt Danzig gestanden hat. Der stattliche Dreimaster befand sich auf der Heimreise von Kalkutta.

Kapitän Winter schritt, nach alter Seemannsgewohnheit, auf der Luvseite des Achterdecks auf und ab. Eigentlich konnte von einer Luv- oder Windseite gegenwärtig keine Rede sein, da sich kein Lüftchen regte, und der *Hochmeister* so still lag, wie »ein gemaltes Schiff auf einem gemalten Ozean.«

Die Windstille bedrückte den wackeren Schiffer wie ein böses Omen. Die auf ihm lastende Verantwortlichkeit war vielseitig und schwer. Nicht nur das Fahrzeug selber erheischte seine äußerste Wachsamkeit, gleiche Anforderungen stellten die Passagiere, unter denen sich auch einige Damen befanden, an ihn; vor allem aber machte ihm die kostbare Ladung Kopfschmerzen.

Die Windstille verurteilte die Mannschaft zum Müßiggang. Müßiggang aber ist aller Laster Anfang, und so wusste Kapitän Winter sehr wohl, dass die Matrosen jetzt vollauf Gelegenheit hatten, ihren meuterischen Gedanken nachzuhängen.

Die Sachlage erfüllte ihn mit Sorgen und Bedenken, flößte ihm jedoch noch keineswegs Furcht ein. Die Steuerleute hatten alle Handfeuerwaffen samt Munition in die Kajüte geschafft. Zu jener Zeit unternahm kein Schiff die asiatische Reise, ohne sich zuvor aufs Beste gegen seeräuberische Angriffe zu wappnen. Man führte, je nach Größe des Fahrzeugs, vier, sechs, acht, auch zehn Deckgeschütze mit sich, dazu eine gefüllte Pulverkammer und Gewehre, Pistolen und Säbel. Es ist wiederholt vorgekommen, dass preußische Ostindienfahrer während der Freiheitskriege 1813, 1814 und 1815 französischen Kaperschiffen erfolgreich Widerstand leisteten.

Die Passagiere ahnten von dem Stand der Dinge nichts. Sie unterhielten sich und vertrieben sich die Zeit, so gut sie dies vermochten. Die Herren spazierten auf dem Achtereck, und die Damen beschäftigten sich mit Handarbeiten. Dabei beobachteten sie die Matrosen, die teils, an Deck sitzend, ihr Zeug flickten, teils allerlei Schiffsarbeiten, Segelnähen, Splissen, Anfertigen von Matten und dergleichen mehr ausführten. Alle aber hegten den sehnsüchtigen Wunsch, dass sich recht bald ein günstiger Wind aufmachen möchte.

Der Obersteuermann, ein Tilsiter mit Namen Elfeld, kam die Achterdeckstreppe herauf, trat an den Kapitän heran und machte demselben eine leise Mitteilung.

Der schaute ihn überrascht, fast erschrocken an, warf einen hastigen Blick über einen Teil des Horizontes und fragte dann ebenso leise: »Wo, Steuermann? Ich sehe nichts?«

»Dort, in Nord-Nord-West«, antwortete Elfeld.

Der Schiffer holte das Teleskop aus den Klampen innerhalb der Kajütskappe und richtete es gegen den Horizont.

»Mir kommt das Fahrzeug verdächtig vor«, fuhr der Steuermann unterdessen fort. »Ich will nur hoffen, dass es uns nicht zu nahe kommt, Kapitän - wegen unserer Leute!«

»Wegen unserer Leute?«, wiederholte der Schiffer, das Glas absetzend. »Glauben Sie also wirklich, dass wir von denen noch etwas zu befürchten haben?«

»Ja, Kapitän, das glaube ich. Ich bin überzeugt, dass es nur eines geringen Anstoßes bedarf, um die Kerle in offene Meuterei ausbrechen zu lassen. Die englischen Halunken haben nicht nachgelassen, das Volk zu verhetzen. Für unsere Pommerschen und Danziger Leute möchte ich freilich noch einstehen, die sind aber zu wenig, um ins Gewicht zu fallen.«

»Die Schusswaffen sind beiseite gebracht, nicht wahr?«

»Jawohl, Kapitän; Zolling und ich, wir haben alle Gewehre und Pistolen in unseren Kammern verstaut. Dort sind sie bei der Hand, wenn wir sie brauchen sollten.«

»So ist’s recht. Ich kann mir aber nicht denken ...«

Kapitän Winter schüttelte heftig den Kopf, lief bis zum Ruder, sah auf den Kompass und kehrte dann wieder zurück.

»Verlassen Sie sich darauf, Kapitän«, beharrte der Steuermann. »Die Leute murren in einem fort, angeblich wegen der Windstille, das aber ist nur ein Vorwand. Außer jenem fremden Segler ist nichts in Sicht, und der belauert uns. Ich halte ihn für einen verdächtigen Gesellen, das tun unsere Matrosen auch. Sie meinen, es sei ein Pirat, und dabei verschwören sie sich, dass sie lieber den fetten Bissen, unsere Wertkisten, schlucken wollen, ehe sie ihn dem da drüben gönnen. Das hat mir einer von den Danzigern hinterbracht.«

Der Kapitän stand einige Minuten in finsteres Schweigen versunken. »Ich danke Ihnen, Steuermann«, sagte er dann, sein sorgenvolles Auge auf das des treuen Gefährten richtend. »Wir müssen also auf das Schlimmste gefasst sein. Zum Glück haben wir auf dieser Reise nicht viele Passagiere. Die Herren müssen jedoch von unserer Lage in Kenntnis gesetzt werden. Treffen Sie alle Maßregeln zum äußersten Widerstand, Elfeld; stellen Sie eine Wache vor das Pulvermagazin. Sie glauben, dass einige von den Matrosen noch zuverlässig sind?«

»Einige wenige, ja.«

»Gut. Setzen Sie sich mit denen in Verbindung ...«

In diesem Augenblick kam eine Gesellschaft von Passagieren, Herren und Damen, plaudernd und lachend auf das Achterdeck.

»Wird denn diese langweilige Windstille ewig anhalten, Herr Kapitän?«, fragte eine junge Dame. »Ein tüchtiger Sturm wäre jetzt eine rechte Erfrischung.«

»Wie lange wird diese Stille dauern?«, flötete eine andere Dame.

»Bis wir Wind kriegen«, antwortete der Schiffer kurz.

»Ach! So lange!«, seufzte die Dame. »Sagen Sie doch, Herr Kapitän, was fangen wir nur an bis dahin?«

»Wir pfeifen«, knurrte Gotthelf Winter und ging ab.

»Hu, was für ein unhöflicher Kapitän!«, sagte die junge Frau mit unterdrückter Stimme. »Pfeifen sollen wir!«

»Der Kapitän hat ganz recht«, lachte einer der Herren. »Versuchen Sie es doch! Pfeifen macht Wind; ohne Wind können Sie überhaupt nicht pfeifen.«

Die Dame öffnete erstaunt die Augen. »Was Sie sagen!«, rief sie. »Dann wollen wir's doch tun! Ich wundere mich nur, weshalb die Matrosen nicht längst schon gepfiffen haben, wenn das doch Wind gibt! Höchst kuriose Menschen, diese Seefahrer!«, wendete sie sich an eine ältere Dame, die neben ihr stand.

»Ja«, kopfschüttelte diese. »Sehen Sie nur, da vorn zankt sich ein Matrose mit dem Obersteuermann. Wahrscheinlich wieder um eine Kleinigkeit.«

Es ist ein alter, abergläubischer Brauch unter den Seeleuten, wenn es an Wind fehlt, entweder mit dem Fingernagel am Mast zu kratzen, oder aber leise und andauernd zu pfeifen. Hilft es nicht, so schadet's auch nicht, sagt Janmaat.

Die alte Dame hatte sich nicht geirrt; Steuermann Elfeld war mit einem Matrosen in einen heftigen Wortwechsel geraten. Plötzlich brach ein wildes Getümmel los. Der Steuermann packte seinen Gegner, der ein Messer zückte. Die Damen auf dem Achterdeck kreischten gellend auf. Der Kapitän, der zweite und der dritte Steuermann, Bootsmann und Steward eilten nach vorn, wo die Mannschaft einen aufrührerischen, drohenden Haufen bildete.

»Ich denke, ich hole meine Pistolen herauf«, sagte der Passagier Ewers, ein Stettiner Kaufmann, zu seinem Mitpassagier Dörpinghaus, einem Fabrikanten vom Rhein.

»Ich werde desgleichen tun«, antwortete dieser. »Auch möchte ich den Damen raten, sich unter Deck zu verfügen.«

Diese ließen sich das nicht zweimal sagen und flüchteten in ängstlicher Hast die Kampanjetreppe hinunter. Ewers und Dörpinghaus begaben sich bewaffnet auf das Hauptdeck, begleitet von den Herrn Boß und Meinhold, den übrigen beiden Passagieren.

Der Letztere eilte zum Kapitän. »Was gibt's hier?«, fragte er.

»Meuterei gibt's!«, antwortete der Schiffer. »Wissen Sie mit einem Boot umzugehen?«

»Ja. Warum?«

»Warum? Weil Sie sich bereit machen müssen, das Schiff zu verlassen. Jetzt halten wir diese Schurken noch in Schach, auf die Dauer aber können wir es nicht. Gehen Sie, bringen Sie den Damen die Nachricht, und halten Sie sich fertig, bei Sonnenuntergang von Bord zu gehen.«

Er schritt weiter nach vorn. Ein wildes Geheul begrüßte ihn, als er vor dem Fockmast erschien. Der brave Schiffer aber stand unerschüttert. Er wartete geduldig, bis die Horde zu schreien aufhörte. Seinem scharfen Blick entging es dabei nicht, dass einige der Matrosen bemüht waren, ihm Gehör zu verschaffen. Seine Zuversicht wuchs dadurch. »Leute«, rief er, »was soll das heißen? Ist euch ein Unrecht geschehen?«

Wieder begann das wüste Gebrüll. »Das ist Meuterei!«, donnerte der Kapitän. »Geht an eure Arbeit, Leute, auf der Stelle, oder ich lasse eure Anführer in Eisen legen!«

»Hoho!«, kam die johlende Antwort. »Wir sind alle Anführer! Wir gehorchen keinem mehr! Das Schiff ist unser! Und das Geld! Und die Edelsteine! Hurra!«

So tobte und schrie der Haufe in wirrem Durcheinander.

»Elende!«, entgegnete der Schiffer. »Das also ist die Pflichterfüllung, die ihr bei der Anmusterung versprochen habt! Ist kein einziger rechtschaffener Kerl unter euch?«

Ein Gebrüll wie von wilden Tieren schnitt ihm die weitere Rede ab. Die Lage wurde gefährlich.

Zum Glück kamen in diesem Augenblick die Schiffsoffiziere heran und stellten sich zur Seite des Kapitäns auf. Die Passagiere folgten dem Beispiel. Alle waren bewaffnet. Der Anblick dieser entschlossenen Schar flößte den wenigen treu gebliebenen Matrosen Mut ein; sie brachen sich Bahn durch den Haufen der Meuterer und vereinigten sich, unter den Verwünschungen der anderen, mit der um den Schiffer versammelten Partei.

»Jämmerliche Feiglinge!«, schrie ein stämmiger Matrose ihnen nach. »Ihr werdet's bereuen! Hurra! Wir wollen fortan uns von keinem Menschen mehr etwas befehlen lassen! Nun wissen Sie's, Kapitän Winter! Machen Sie also keine Umstände und vermeiden Sie Blutvergießen!«

»Das sagst du mir, Steffen, du, den ich in Kalkutta vor einer langen Gefängnisstrafe bewahrte? Ist das der Dank?!«

Der Mann wendete beschämt und verlegen die Augen ab, fasste sich jedoch sehr bald wieder, als er das Hohnlachen seiner Spießgesellen vernahm. »Liefern Sie uns das Schiff aus«, sage er rau, »dann soll keinem von Ihnen ein Leid geschehen.«

»Einer Bande von Räubern und Spitzbuben soll ich mein Schiff ausliefern?«, rief Kapitän Winter zornbebend. »Eher sterbe ich! Hört mich an, Leute! Dort drüben liegt ein Piratenschiff, das nur auf Brise wartet, um uns anzugreifen.

Lasst euch warnen, Leute! Nehmt die Arbeit wieder auf, und alles soll vergeben und vergessen sein! Habt ihr euch über etwas zu beklagen, so lasst hören. Nun?«

»Wir haben uns über nichts zu beklagen«, antwortete ein anderer Rädelsführer. »Wir wollen weiter nichts, als unsere Freiheit und das Geld, das hier an Bord ist.

»Und dann wollen wir mit Kapitän Winter abrechnen dafür, dass er freie Männer in Eisen gelegt und krummgeschlossen hat, wie Galeerensklaven!«, schrie einer der englischen Matrosen mit heiserer Stimme. »Drauf Maaten! Was zögern wir noch?«, und mit geschwungenem Messer stürzte er auf die Schar der Offiziere los, in der Meinung, dass die ganze Meute ihm folgen würde. Aber die entschlossene, ruhige Haltung der bewaffneten Herren verfehlte ihre Wirkung nicht. Hinter dem Engländer kamen zögernd nur noch zwei seiner Landsleute näher. Den ersten schlug der Obersteuermann nieder, den zweiten sendete ein Kolbenstoß des Bootsmanns in den Haufen zurück, und der dritte stürzte, von einer Pistolenkugel, die einer der Passagiere auf ihn abgefeuert, blutend zusammen.

»Über Bord mit ihm!«, befahl der Schiffer finster. »Kein Pardon für Meuterer.«

Die Danziger Matrosen sprangen herzu und vollzogen den Befehl des Kapitäns. Der Niedergeschossene wurde über die Reling ins Meer geworfen, das dumpf aufbrausend über ihm zusammenschlug. Der von der Handspeiche Getroffene kroch bei diesem Anblick eiligst auf allen vieren davon.

Dieses schnelle Strafgericht hatte den Empörern alle Luft zu gewaltsamem Vorgehen genommen. Wohl waren sie sich ihrer Überzahl bewusst, allein die Schießgewehre auf der anderen Seite erschienen ihnen doch zu gefährlich. Der Kapitän fasst die Gelegenheit beim Schopf. »Noch einmal,

Leute, biete ich euch die Hand!«, rief er. »Entweder kehrt ihr zu eurer Pflicht zurück, oder aber ihr verlasst auf der Stelle mein Schiff! Stillgestanden! Wer sich rührt, kriegt eine Kugel in den Kopf!« Er zog zwei Pistolen aus den Rocktaschen und erhob sie schussbereit. »Und nun antwortet!«

Die Meuterer sahen sich gegenseitig an, und dann musterten sie ihre Vorgesetzten und die Passagiere, zusammen fünfzehn bewaffnete Männer, und hinter denselben die sechs Danziger Matrosen. Fünf Minuten lang hielten sie Rat unter sich. Dann trat einer vor. »Wir wollen von Bord gehen«, sagte der Mann. »Geben Sie uns die Boote und Proviant, dann sollen Sie uns loswerden.«

»Unter Deck mit euch allen!«, rief der Schiffer. »Ich werde drei Boote zu Wasser bringen und verproviantieren lassen, aber erst, wenn kein Hundsfott von euch mehr an Deck ist!«

Teils murrend und trotzig, teils eingeschüchtert und geduckt zogen sich die Matrosen in ihr Logis zurück. Unten in ihrem halbdunklen Wohngelass harrten sie ingrimmig der kommenden Dinge. Steffen, der Hauptträdelsführer und natürlich ein Engländer, redete unablässig auf sie ein und schlug ihnen einen Ausweg vor, der sie für die erlittene Enttäuschung entschädigen sollte. Der Plan, den er ihnen entwickelte, fand Beifall, die Missstimmung schwand schnell, denn von neuem eröffnete sich ihnen die Aussicht auf Beute und auf Rache.

Kapitän Winter stellte einen bewaffneten Posten vor den Eingang des Matrosenlogis und ließ dann die Boote ausrüsten. Man wählte die drei größten dieser Fahrzeuge und schaffte Hartbrot, Wasser und Fleisch hinein. Als sie zu Wasser gebracht waren und unter dem Fallreep lagen, nahmen die Steuerleute mit Pistolen in den Händen Aufstellung an der Reling, und dann hieß man die meuterischen Matrosen immer zu zweien aus dem Logis kommen und über das Fallreep gehen.

Der Kapitän und die Passagiere beobachteten die Einschiffung vom Achterdeck aus.

»Wenn es nach mir ginge«, sagte Dörpinghaus zu seinen Mitpassagieren, »so feuerten wir jetzt ein paar Ladungen Kartätschen hinter den Halunken her; die hätten sie vollauf verdient.«

»Dann ist es gut, dass Sie nicht das Kommando auf dem *Hochmeister* haben«, bemerkte der Schiffer. »Die Hundsfötter wären wir glücklich los, vorläufig wenigstens. Aber was nun? Wie das Schiff regieren? Unsere Reise ist zu Ende.«

»Nicht doch, Kapitän Winter«, sagt Ewers. »Es kann nicht mehr lange dauern, dann gibt es wieder Wind.«

»Das schon; aber wenn es hart zu wehen anfängt, wo bleiben wir dann? Was meinen Sie, Steuermann Elfeld?«

»Wir kriegen noch Wind, und zwar tüchtig, das ist keine Frage. Aber ich sage Ihnen, Kapitän, wir sind mit den Meuterern noch nicht fertig. Da kommt schon ein wenig Wind durch. Soll ich die Segel trimmen lassen?«

»Meinetwegen, Steuermann; noch schaffen wir es mit unseren sechs Danzigern.«

Der Wind aber war nur ein kurzer Puff gewesen; es wurde wieder so still wie vorher. Die Finsternis der Nacht kroch über das Meer. Und unter ihrem Schleier lag der *Hochmeister* so regungslos wie ein verlassenes Wrack.

Drittes Kapitel.

Die letzte Mahlzeit an Bord. - »Die Hundsfötter kommen
zurück.« - Kapitän Gotthelf Winters Flucht.

»Ein Glück«, seufzte der Kapitän, »dass nicht auch der Koch mit den Halunken davongegangen ist.

Damit stieg er hinab in den Salon der Kajüte, wo die Passagiere bereits um die Abendbrottafel saßen.

Die sechs Matrosen und der zweite Steuermann hielten die Wacht an Deck. Noch immer hingen die Segel schlaff von den Rahen, denn keine Brise regte sich, das dem Verhängnis verfallene Schiff der fernen Heimat zuzuführen.

Der Kapitän sprach das Tischgebet, und dann langte jeder herzhaft zu. Keiner der Passagiere ahnte, dass dies die letzte Mahlzeit war, die sie an Bord dieses Ostindienfahrers einnehmen sollten.

Der Schiffer befahl dem Steward, Champagner zu bringen; es lag ihm daran, die Damen aufzumuntern. Die Unterhaltung wurde lebhaft, die Stimmung immer sorgloser.

Als abgeräumt war, nahm der Kapitän das Wort.

»Meine Herren«, sagte er, »ich möchte Ihnen in wenigen Worten unsere Lage vorführen. Wir befinden uns auf Gnade und Ungnade in der Gewalt der Elemente. Gibt es schlechtes Wetter, dann haben wir nicht viel Aussicht auf ein Davonkommen, weil nicht genug seeerfahrene Leute an Bord sind, dieses große Schiff zu handhaben. Ich mache Ihnen daher nach bestem Gewissen, wenngleich mit schwerem Herzen, den Vorschlag, das Schiff zu verlassen. Sie begeben sich in die Boote, die noch an Bord sind und suchen unter Führung meiner Steuerleute entweder das Kap der Guten

Hoffnung zu erreichen oder aber an Bord eines nach Europa segelnden Schiffes Aufnahme zu finden.«

Die Passagiere wussten vor Erstaunen und Schreck zuerst nicht, ob sie ihren Ohren trauen sollten. »Wir sollen das Schiff verlassen, wie jene rebellischen Matrosen?«, fragte der Konsul Meinhold nach einer unheimlichen Pause. »Sie sagen, die vorhandenen Kräfte reichen zur Bedienung des Schiffes nicht aus. So lassen Sie uns fortan nur die allernötigsten Segel führen, die werden ausreichen, uns bis zum Kap zu bringen. Und wenn es sein muss, dann sind wir Passagiere alle bereit, Hand anzulegen, nicht wahr, meine Herren?«

»Bei gutem Wetter wäre das Ausführen Ihres Vorschlages sehr leicht«, antwortete der Schiffer. »Auch fürchte ich, offen gestanden, einen Sturm nicht allzu sehr - ich fürchte vielmehr die Rückkehr der Meuterer!«

»Dieselbe Befürchtung hege auch ich«, sagte der Obersteuermann vom anderen Ende der Tafel her.

»Und wenn sie kommen, dann kommen sie bewaffnet.«

»Wo sollen sie die Waffen hernehmen?«, fragte Dörpinghaus.

»Die liefert ihnen das verdächtige Fahrzeug, das den ganzen Tag in Sicht gewesen ist«, antwortete Kapitän Winter. »Es liegt zu Luvart von uns, wenigstens in der Gegend, die unser Luvart sein wird, wenn die Brise sich aufmacht. Ich bin überzeugt, dass es uns angreifen wird. Die Meuterer sind nach jener Richtung gerudert, jedenfalls um mit den Piraten gemeinschaftliche Sache zu machen.«

»Was! Sie meinen, dass die Matrosen sich zu den Piraten gesellen werden?«, rief Ewers wieder.

»Warum nicht?«, versetzte der Schiffer ruhig. »Haben Sie denn nicht gehört, was die Kerle ganz deutlich aussprachen, dass sie nur darum meuterten, weil sie sich in den Besitz der an Bord befindlichen Gelder und Kostbarkeiten setzen wollten? Die ganze Nichtswürdigkeit ist von den Engländern angezettelt worden, das ist mir vollständig klar. Wollte Gott, dass ich meiner inneren Abneigung gefolgt wäre und die Halunken nicht angemustert hätte! Folgen Sie meinem Rat, meine Herren, und bringen Sie die Damen in Sicherheit. Bei dieser Windstille ist eine Bootsreise ungefährlich; aber gingen Sie auch im Sturm zugrunde, so wäre das tausendmal besser, als wenn Sie, und besonders die Damen, den Meuterern und den Piraten in die Hände fielen.«

Die Passagiere berieten untereinander, dann nahm der Konsul Meinhold das Wort. »Wir sind der Ansicht, dass Sie recht haben, Kapitän Winter«, sagte er. »Gott möge uns beistehen! Haben Sie die Güte, die Boote in Bereitschaft setzen zu lassen.«

»Die nötigen Befehle sind bereits erteilt«, erwiderte der Schiffer. »Je eher Sie nun von Bord gehen, desto besser.«

Als die weiblichen Passagiere - Frau Meinhold, Frau Dörpinghaus, Frau Voß, dazu zwei Fräulein und die Kammerzofen - von dem Entschluss der Herren Kenntnis erhielten, da entstand eine unbeschreibliche Aufregung unter ihnen. Zuerst erklärten sie rund heraus, dass sie an Bord bleiben würden, es komme, was da wolle. Als sie jedoch wahrnehmen mussten, dass die Männer stillschweigend und schnell ihre Habseligkeiten zusammenbündelten, dass die Matrosen die Boote verproviantierten, da fingen auch sie an zu packen, zwar unter Weinen und Klagen, aber doch recht geschwind und umsichtig.

Um Mitternacht war alles zur Abfahrt bereit.

Zwei Boote waren ausreichend. Die Steuerleute, der Bootsmann, der Koch, der Steward und die Matrosen stiegen über das Fallreep und nahmen ihre Plätze in den kleinen

Fahrzeugen ein, in deren einem auch die Kisten mit dem Geld und den Edelsteinen untergebracht waren. Das Gepäck wurde hinunter gereicht. Darauf folgten die Frauen, dann die Männer.

»Kommen Sie, Kapitän Winter!«, rief der Konsul Meinhold. »Beeilen Sie sich!«

»Ich bleibe an Bord«, antwortete der Schiffer ruhig. »Auf dem Achterdeck des *Hochmeister* ist mein Posten, den verlasse ich nicht. Absetzen, Steuermann! Gott der Allmächtige sei mit Ihnen allen! Leben Sie wohl!«

»Wo der Kapitän bleibt, da bleibe auch ich!«, rief der Obersteuermann und sprang über das Fallreep wieder an Deck.

»Auch ich - und ich - und ich!«, riefen der Bootsmann Zolling, der Koch und einige der Matrosen. Und im Nu hatten auch sie sich wieder über die Reling geschwungen.

»Ihr lieben Freunde«, wehrte der Schiffer sie alle ab, »das geht nicht an! Zurück mit euch! Eure Pflicht ist, die Passagiere und das Eigentum der Reeder zu retten. Noch habe ich das Kommando an Bord des *Hochmeister*, und ich befehle euch, sogleich in die Boote zu gehen. So lebt denn wohl, ihr lieben Freunde und Schiffsmaaten; Gott behüte euch!«

Nunmehr begannen die Damen zu bitten und zu flehen, der Kapitän aber blieb fest. »Ich stehe und falle hier auf meinem Achterdeck«, versetzte er. »Kein Meuterer und kein Seeräuber soll sagen können, dass Kapitän Gotthelf Winter ihm feige den Rücken gekehrt habe. Hier, Elfeld, nimm meine Uhr; gib sie meinem Reinhold, wenn du wieder nach Danzig kommst - als ein Andenken an seinen Vater.«

Noch einmal winkte er ein Lebewohl, dann stieg er in die Kajüte hinunter. Vergebens riefen die Matrosen und die Damen nach ihm, er gab keine Antwort mehr.

Endlich befahl der Obersteuermann allen noch an Deck Befindlichen, in die Boote zu gehen. Die Bugleute stiegen vom Schiff ab, und in tiefem kummervollem Schweigen ruderte man hinaus in das nächtliche Meer.

Während der nächsten Stunde sprach keiner ein Wort.

Dann spürte der Obersteuermann eine sich aufmachende leichte Brise. Er ließ in seinem Boot den Mast aufrichten und das Segel setzen. »Wollte Gott, wir fänden bald ein Schiff, damit wir den Kapitän noch retten könnten!«, sagte er, sehnsüchtig über das finstere Meer hinausspähend.

Die Insassen des anderen Bootes richteten gleichfalls ihren Mast auf. Man sah voraus, dass die beiden Fahrzeuge nicht bei einander bleiben könnten, wenn es erst ans Segeln ging. Man verabredete daher ein Zusammentreffen in Kapstadt, es sei denn, dass eines der Boote, oder beide, von nach Europa segelnden Schiffen aufgenommen würden. Langte nur eines in Kapstadt an, so sollten seine Insassen alles daran setzen, das Schicksal des anderen zu erkunden. Solange es aber möglich war, beschloss man, einander Gesellschaft zu leisten und sich innerhalb Rufweite zu halten. Die Wachen wurden verteilt, und dann herrschte wieder Schweigen auf dem leicht gekräuselten Ozean.

Leise nur rippelte das Wasser vor dem Bug der Boote, an deren Masten je eine Laterne angebracht war, winzige Lichtpünktchen in der nächtlichen Weite, den etwa des Weges kommenden Schiffen aber ein verständlicher Hilferuf.

* * *

Kapitän Winter hatte sich nicht geirrt, als er seinen Passagieren sagte, die Meuterer seien in der Richtung nach dem verdächtigen Schiff davongefahren. Sie hielten diese

Richtung, bis die anbrechende Nacht das Fahrzeug ihren Blicken entrückte.

Dann stellten sie das Rudern ein und beratschlagten. Es war ein Plan zu erwägen, den der Rädelsführer ihnen bereits angedeutet hatte, ehe sie den *Hochmeister* verließen.

Der Kapitän hatte den Mann mit dem Namen Steffen angeredet; eigentlich hieß derselbe jedoch Stephens, denn er gehörte, wie schon erwähnt, zu den dem braven Schiffer so sehr verhassten englischen Matrosen.

Stephens Plan also war, in der Dunkelheit zum *Hochmeister* zurückzukehren. Dann wollte man von beiden Seiten zugleich das Schiff entern, die unter Deck Befindlichen durch Schließen der Kajütskappen und Luken einsperren, die Wache überwältigen und so das Schiff in Besitz nehmen. Richtig ausgeführt, musste dieser Anschlag ihnen gelingen, wenngleich sie waffenlos waren.

Sie ahnten nicht, dass Kapitän Winter die Passagiere und die Wertkisten den ungewissen Elementen anvertraut hatte, in der festen Annahme, dass sie in deren Obhut sicherer aufgehoben sein würden, als an Bord des bedrohten Schiffes.

Kaum begann die Finsternis herabzusinken, da ließ Stephens die Riemen umwickeln, damit sie in den Dollen nicht knirschten, was auf See weithin hörbar ist, und nunmehr steuerten die drei Boote wieder dem *Hochmeister* zu. Als derselbe in Sicht kam, teilten sie sich; eines wendete sich dem Bug zu, die beiden anderen ruderten vorsichtig auf Steuerbord und auf Backbord an den Ostindienfahrer heran.

Nichts regte sich an Bord des *Hochmeister*; man war sich also keines Überfalls gewärtig.

Stephens rieb sich die Hände; sein Plan war herrlich, er wollte den sehen, der bessere Anschläge schmieden konnte!

Ein unterdrückter Kommandoruf, und die drei Boote schossen auf ihre Beute zu ...

In der Ferne, zu Luvart, hatte sich die Brise aufgemacht. Das fremde, verdächtige Schiff setzte eine Leinwand und steuerte gleichfalls gegen den *Hochmeister* heran.

* * *

Kapitän Winter saß in seiner Kajüte.

Das Bewusstsein, dass die Passagiere und die seiner Obhut anvertraut gewesenen Schätze vorläufig in Sicherheit waren, erfüllte ihn mit einer gewissen Beruhigung.

Der Entschluss, an Bord seines Schiffes auszuharren, war ihm nicht leid geworden. Wohl aber gedachte er seiner Kinder in dem einsamen Haus in der Jopengasse, über dessen Beischlag der alte Kastanienbaum seinen Schatten breitete. Sein Herz krampfte sich zusammen, als er sich sagte, dass er die so heiß geliebten Kinder niemals wiedersehen würde.

Er neigte das graue Haupt in die aufgestützten Hände und hing seinen wehevollen Gedanken nach. So saß er lange, lange.

Dann sank er auf die Knie und flehte zu Gott um Kraft für die schweren Stunden, die ihm bevorstanden.

Plötzlich erhob er den Kopf. Ihm war ein Einfall gekommen. Er wollte dem Meer eine Botschaft anvertrauen, eine letzte Botschaft an seine Kinder und an die Heimatstadt. Die Welt sollte erfahren, dass er seinen Posten nicht im Stich gelassen hatte.

Eine starke Flasche war bald gefunden - der brave Seemann schrieb seine Abschiedsworte.

Tränen füllten seine Augen, als er das Papier faltete und in der Flasche barg. Er verkorkte und verpichte diese sorgfältig, dann begab er sich auf das Achterdeck und warf, eine Bitte zu Gott empor sendend, die Flasche in das nächtliche Meer.

Da - horch!

Des Schiffers scharfes, geübtes Ohr hatte das dumpfe Geräusch der umwickelten Riemen vernommen.

Er lauschte angestrengt. Kein Zweifel!

»Die Hundsfötter kommen zurück!«, murmelte er. »Die werden Augen machen, wenn sie das Nest leer finden, haha!«

Er trat an die Reling und lugte mit ingrimmiger Schadenfreude in die Finsternis hinaus. »Ich will versuchen, sie anständig zu empfangen«, sagte er zu sich selber. »Die Geschütze sind geladen. Haha! Sie sollen einen Salut haben!«

Kapitän Winter war ein Mann der schnellen Tat. Raschen Schrittes eilte er von Geschütz zu Geschütz; ein jedes hatte seine Kartätschenladung. Man muss in jenen Gewässern vorsichtig sein. Jetzt kam es darauf an, dass er die Boote rechtzeitig zu Gesicht bekam. Dann sollten sie eine Ladung haben und wenn es ging, auch zwei. Zur letzten Abwehr hatte er dann noch seine Pistolen.

Aber vergebens strengte er seine Augen an, er sah nichts. Das dumpfe Geräusch des Ruderns aber dauerte fort. Jetzt zerteilte sich dieses - zwei der Boote schienen andere Richtungen einzuschlagen. Endlich erspähte er einen schwarzen Gegenstand - ein Boot. Es war aber zu spät, das Fahrzeug befand sich bereits zu nahe, die Geschützladung musste darüber hinweggehen.

Über ihm füllte der Wind die Segel, und das Schiff fing an, sich in Fahrt zu setzen. Eine schwache Hoffnung regte sich in ihm: Sollte er mit dieser Brise vielleicht entfliehen können? Er sprang ans Ruder, aber der Lufthauch war zu schwach; der *Hochmeister* schob sich nur ganz langsam vorwärts.

Da gab Stephens unten im Boot sein Kommando, und im nächsten Augenblick kamen die Meuterer über Bug und beide Seiten an Deck. Erstaunt, keinem Widerstand zu begegnen, standen sie eine Weile abwartend still, dann stürmte der Rädelsführer mit einigen Genossen die Achterdeckstreppe hinauf.

»Was soll das heißen, Kapitän?«, rief er den Schiffer an, der ruhig an der Kajütstreppe lehnte. »Wo sind die anderen?«

»Die Passagiere, die Steuerleute und die mir treu gebliebenen Mannschaften haben sich auf meinen Befehl in den beiden übrigen Booten eingeschifft«, antwortete der Kapitän. »Ich allein bin an Bord geblieben.«

»Das Schiff befindet sich jetzt in meinen Händen«, entgegnete der andere. »Also die Schlüssel heraus, Kapitän; es wird Ihnen klar sein, dass Widerstand nutzlos ist.«

»Mach was du willst, Steffen«, versetzte der Schiffer. »Erwarte jedoch nicht, dass ich Beistand oder Vorschub leiste.«

»Keine Widersetzlichkeit, Kapitän!«, rief Stephens drohend. »Sonst wird man Sie in Eisen legen!«

»So ist's recht!«, schrie einer der nächsten Matrosen. »Krumm wollen wir ihn schließen. Wie er uns, so wir ihm!«

»Dem ersten, der Hand an mich legt, schieße ich ein Loch ins Fell!«, versetzte der Schiffer kaltblütig.

»Seien Sie nicht hartköpfig, Kapitän Winter«, drängte Stephens. »Geben Sie mir die Schlüssel zu der Kammer mit den Wertkisten und zum Pulvermagazin.«

»Dazu sind keine Schlüssel nötig, die Türen stehen offen.«

»Aha! Das war schlau von Ihnen. Man hat Sie also ganz allein hier an Bord zurückgelassen? Dem soll abgeholfen werden. Da achter dem Deck hängt noch die Gig - heda!«, rief er seinen Leuten zu. »Zwei Mann von euch bringen die Gig zu Wasser und legen sie beim Fallreep fest!«

Der Befehl wurde ausgeführt.

»So, Kapitän Winter«, wendete er sich wieder an diesen, »die Gig ist für Sie, darin können Sie das Weite suchen. Nehmen Sie mit, was Sie brauchen, aber beeilen Sie sich.«

Darauf befahl er einem der Leute, nach der Pulverkammer zu sehen und dieselbe zu verschließen, während er selber das Gelass aufsuchte, wo die Wertkisten verstaut gewesen waren.

Nach wenigen Augenblicken erschien er wieder an Deck, wutschnaubend. »Bandit!«, schrie er den Schiffer an. »Sie haben uns bestohlen. Hierher, alle Mann! Achteraus!«

Der ganze Haufe rannte eiligst herbei, um aus dem Mund des Führers zu vernehmen, dass die Kisten mit dem Geld und den kostbaren Steinen nicht mehr an Bord seien.

Ein Gebrüll der Enttäuschung und der ohnmächtigen Wut folgte dieser unerwarteten Eröffnung. »Der alte Spitzbube soll hängen!« - »Über Bord mit ihm!« - »Fünfundzwanzig mit dem Tauende soll er haben!« - »Legt ihn in Eisen!«

Der Schiffer riss die Pistolen heraus, um sein Leben so teuer als möglich zu verkaufen; schon warfen sich einige auf ihn und hatten ihm im Nu die Hände auf dem Rücken gefesselt.

»Fünfundzwanzig!«, schrie die erboste Meute. »Fünfundzwanzig vollgezählt mit dem Tauende, das soll der Anfang sein!«

Kapitän Winter biss die Zähne zusammen. Von diesen Schurken gepeitscht zu werden, das war eine Schmach! Vergeblich bot er alle Kräfte auf, um die Fesseln zu sprengen. Dann ergab er sich finster in sein Schicksal. Keine Bitte, keine Klage sollte über seine Lippen kommen. Man warf ihn nieder an Deck und band ihm nun auch noch die Füße. »Haben Sie noch etwas für sich anzuführen, Kapitän?«, fragte Stephens. »Wir möchten nicht allzu hart mit Ihnen verfahren.«

Der Schiffer lag unweit einer der Kanonenpforten; unwillkürlich irrte sein Blick durch die Luke zwischen der Geschützkassette und dem Pfortenrand. Hätten die Meuterer den Ausdruck seines Gesichtes gesehen, wären sie erstaunt gewesen. Ein Freudenschimmer leuchtete in seinem Auge auf.

»Ja«, antwortete er. »Gebt mir noch eine Stunde Frist, um mich zum Tod vorzubereiten. Denn alles, was ich noch verlange, ist, dass ihr mir den Rest gebt, ihr Schurkengesindel. Gott wird euch strafen, wie ihr es verdient, verlasst euch darauf.«

»Schon gut, Schiffer! In einer Stunde ist's Morgen; bis dahin sollen Sie Frist haben.«

Damit ließ man ihn allein. Die ganze Bande begab sich in die Kajütsräume, um hier zu plündern. Ab und zu krachte eine Kiste, ein erbrochener Schrank, klirrte Glas- und Porzellangerät. Keiner der Schar war an Deck geblieben, sogar der Rudersmann hatte seinen Posten verlassen, nachdem er das Steuerrad festgebunden; bei dem leichten Wind war nichts zu befürchten.

Kapitän Winter lugte noch immer durch die Stückpforte hinaus, mit pochendem Herzen, erwartungsvoll.

Der neue Tag brach an.

Kaum zeigte sich der bleiche Morgenschimmer über der östlichen Horizontlinie, da kam die rebellische Schar wieder an Deck, wütender noch als zuvor, denn sie hatte keine Spur der Kostbarkeiten mehr gefunden, dagegen aber viel Schnaps getrunken.

Stephens suchte sie zu beschwichtigen; in seinem Herzen war eine bessere Empfindung erwacht; er dachte der Wohltat, die ihm der Kapitän erwiesen, als er ihn in Kalkutta, wo ihm eine schwere Gefängnisstrafe drohte, an Bord nahm. Gar zu gern hätte er den Bedrängten in die Gig gebracht, die er vorsorglich schon hinten am Heck festgelegt hatte. Allein sein Widerstand und sein Zureden waren fruchtlos. Schon hatte die zügellose Bande den Wehrlosen über eins der Wasserfässer geworfen, schon schwang ein wüster Gesell das starke, geteerte Tauende empor, um es auf die entblößten Schultern des Schiffers niedersausen zu lasen, da donnerte ein Schuss über das Meer, und der Henkersknecht stürzte an Deck nieder, die Planken mit seinem Blut überströmend. Alles stand entsetzt. »Der Pirat! Der Pirat!«

Während die schnell wieder zur Besinnung gekommenen Matrosen an die Geschütze eilten, durchschnitt Stephens die Fesseln des Kapitäns. »Schnell achteraus!«, rief er ihm zu. »Die Gig liegt unter dem Heck!«

Der Befreite stürzte die Treppe hinauf und über das Achterdeck nach hinten, so schnell ihn die Füße tragen wollten. Er glitt an der Fangleine hinunter in das kleine Boot. Stephens warf die Leine los, der Kapitän ruderte aus Leibeskräften davon, während die Meuterer sich auf der Luvseite anschickten, den Kampf mit dem Piraten aufzunehmen. Niemand hatte auf die Flucht des Kapitäns geachtet.

Das Gefecht mit dem Seeräuber, dessen Herankommen der Schiffer durch die Kanonenpforte wahrgenommen hatte, war hartnäckig und blutig, endlich aber unterlag der *Hochmeister*. Eine große Zahl der Meuterer hatte das Leben verloren.

Als der Piratenführer sein Schiff musterte, und als sich herausstellte, dass dasselbe sehr schwere Beschädigungen erlitten hatte, während der Ostindienfahrer mit geringer

Havarie davongekommen war, da beschloss er, mit den Fahrzeugen zu wechseln. Es fiel ihm nicht schwer, die Meuterer zu bewegen, unter ihm Dienste zu nehmen und zur schwarzen Flagge zu schwören. Den Matrosen Stephens ernannte er zum Steuermann und stellte die von der Mannschaft des Danziger Schiffes Übriggebliebenen unter dessen besonderes Kommando. Mit Sack und Pack siedelte er auf den *Hochmeister* über, bohrte sein leck gewordenes Schiff vollends in den Grund und zog mit seiner stolzen Beute auf weitere blutige Abenteuer aus.

Von Anfang an betrachtete die Seeräuberbesatzung, zumeist aus Laskaren, Arabern und Schwarzen bestehend, die neuen Genossen, die, wie wir wissen, Weiße waren, mit scheelen Blicken, und als die Letzteren im Lauf der Zeit das entschiedene Übergewicht gewannen, da verwandelte sich die Eifersucht der Schwarzen in tückische Feindschaft. Trotzdem vertrug man sich äußerlich, weil dies zunächst beiden Teilen zum Vorteil gereichte.

So war aus dem friedlichen Danziger Ostindienfahrer ein Piratenschiff geworden. Groß war die Zahl der unglücklichen Fahrzeuge, die demselben zum Opfer fielen, denn wer hätte in dem unter der preußischen Adlerflagge dahersegelnden stattlichen Dreimaster einen mosambikischen Seeräuber vermuten sollen?

Kapitän Gotthelf Winter trieb in seinem winzigen Boot lange Tage unter fürchterlichen Entbehrungen und Nöten auf dem Ozean umher, den jetzt eine starke Brise zu wildem Tumult aufrührte. Ein arabisches Sklavenfahrzeug nahm ihn endlich auf. Da das überstandene Elend und die Herzensqualen den alten Schiffer jedoch zu einem geistig und körperlich unbrauchbaren Mann gemacht hatten, so entledigten sich die grausamen Araber des armen Findlings bald wieder, indem sie ihn auf einem wüsten Felseneiland aussetzten.

Menschlicher Voraussicht nach war es nun um den braven Kapitän geschehen; denn wenn seine Flaschenpost von der Vorsehung auch in überaus kurzer Zeit in die Hände der Seinen befördert worden war - wie sollten sie ihn auffinden?

Viertes Kapitel.

Glück und Geld sind die Passatwinde des Erfolges.
Der Überfall am Frauentor. - Der Retter.

Kapitän Martin Hammer war an jenem Abend, an welchem wir in dem Haus in der Jopengasse zu Danzig seine Bekanntschaft machten, glücklich bis in die Nähe des Krantors auf der Langen Brücke aufgekreuzt und dann in der Schifferstube des Gasthauses zur »Preußischen Flagge« zu Anker gegangen.

Hier fand er bereits eine kleine Anzahl von Kapitänen versammelt. Die wettergebräunten Seefahrer saßen um einen großen runden Tisch, tranken alten Portwein und plauderten. Sie begrüßten den Eintretenden mit ruhigem Kopfnicken, nur einer fragte: »Was Neues, Keppen Martin?«

Onkel Martin machte es sich vor allen Dingen bequem; er setzte sich nieder, zog die Pfeife hervor, füllte sie bedächtig aus einem ledernen Beutel, den sein Nachbar ihm reichte, zündete das Kraut an, lehnte sich in den weiten Armstuhl zurück und wartete, bis die Wirtin das Getränk vor ihm auf den Tisch gestellt hatte. Dann erst öffnete er den Mund. »Was Neues? Ihr habt wohl alle von der Flaschenpost gehört, die Nikolas Brumm am Kap der Guten Hoffnung aufgesammelt hat. Ich meine die Nachricht von dem *Hochmeister.*«

»Kennen wir«, antwortete einer der Kapitäne im Namen aller.

»Gut also. Der junge Winter, der Reinhold, hat sich in den Kopf gesetzt, seinen Vater zu suchen.«

»Trauen wir ihm zu, ist ein braver, tüchtiger Junge«, versetzte Kapitän Langhans. »Ist ein höllisches Unternehmen.«

»Nicht wahr?«, nickte Onkel Martin. »Aber die Hauptsache ist und bleibt Geld. Glück und Geld sind die Passatwinde des Erfolges, habe ich recht, Maaten?«

Ein raues Gemurmel der Zustimmung lief durch den Kreis der Anwesenden. Kapitän Hammer aber fuhr fort:

»Glück wird er haben; ein tüchtiger junger Mensch hat immer Glück. Aber Geld hat er nicht. Hört mir zu, Maaten. Wer will mithelfen? Wir tun's für Gotthelf Winter.«

Sämtliche Pfeifen fuhren empor.

»Wusst' ich's doch!«, rief Martin Hammer gerührt. »Gott wird's euch vergelten! Wir alle, die wir hier versammelt sind, kennen Gotthelf Winter und wissen, dass kein besserer Seemann jemals von Danzig ausgelaufen ist. Wir stehen zu ihm aber auch um des Rufes der Danziger Seefahrt willen. Euer Wort habe ich, Maaten; Taten werden folgen.«

»Das werden sie«, sagte ein Schiffer mit starker Stimme.

»Ich weiß eine feine kleine Bark, einen Schnellsegler, wie geschaffen zu dem Unternehmen des jungen Winter.«

»Bravo!«, klang es aus dem Kreis der würdigen Männer. »Hat er das Fahrzeug erst, die Mannschaft findet sich bald, an guten Matrosen fehlt es nicht. So war's richtig, Pinell!«

»Sehr schön«, nahm Onkel Martin wieder das Wort, »vor allem aber brauchen wir Geld, viel Geld, um den Jungen seeklar und trimm hinausschicken zu können. Ich leiste Bürgschaft für alles. Mein Wort darauf.«

»Ach was Bürgschaft und Wort!«, knurrte ein stämmiger Seebär. »Hier ist mein Teil!« Damit zog er einen Leinwandbeutel aus der Tasche, nahm vierzehn goldene Friedrichsdor heraus und legte dieselben auf den Tisch. Dann verstaute er den Beutel wieder in einer steuerbordschen Rocktasche.

»So war's richtig, Backhaus!«, lautete der Wahrspruch der Tafelrunde. Und nun begannen die Dukaten, die Friedrichsdor und die Lonisdor wie glitzernde Goldfische aus den Börsen und Beuteln herauszuschlüpfen, und bald lag ein Haufen davon auf dem Tisch, der ordentlich einen gelben Schein ausstrahlte.

»Hurra!«, rief Onkel Martin seelenvergnügt. »Das nenne ich christliche Seefahrt!« Mit diesen Worten legte er eine Handvoll Gold auf den schimmernden Haufen, dass alles nur so klirrte und klingelte.

In diesem Augenblick wurde stark an die Tür geklopft, und ehe die Schiffer noch den Goldhaufen bedecken konnten, schaute ein struppiger Kopf herein, der Kopf eines Matrosen.

»Alles klar an Bord und fertig zum Auslaufen, Keppen Pinell«, meldete der Mann.

»Gut«, erwiderte dieser. »Ich komme sogleich.«

Der struppige Kopf zögerte in der Türspalte. Die kleinen blitzenden Augen schienen sich von dem schimmernden Goldhaufen nicht abwenden zu können. »Worauf wartest du noch, Jansen?«, rief Kapitän Pinell. »Mach fort!«

Die Tür wurde zugeschlagen.

Als Kapitän Hammer des Matrosen Stimme vernommen hatte, war er schnell herumgefahren. Augenscheinlich knüpfte sich eine für ihn unangenehme Erinnerung an den ausländischen Klang derselben. Sein forschender, finsterer Blick begegnete dem des Matrosen; der Letztere schreckte zusammen, Onkel Martin aber fühlte sich hässlich berührt. »Gehört der Kerl zu deiner Mannschaft?«, fragte er den Kapitän Pinell.

»Nein«, antwortete dieser. »Es ist einer von den Werftarbeitern, die ich bis jetzt an Bord hatte. Ein fixer Kerl übrigens.«

»Ein ganz Teil zu fix«, bemerkte ein anderer der Kapitäne. »Er schien dich zu kennen, Hammer.«

»Ja, der kennt mich ganz genau«, erwiderte dieser nachdenklich. »Ein Halunke! Er wird die Hiebe, die ich ihm an Bord des *Madagaskar* verabreichen ließ, nicht vergessen.«

»Weswegen?«, forschte Kapitän Pinell. - »Er hatte mich bestohlen und dann einen Unschuldigen bezichtigt.«

»Oho!«, rief Kapitän Backhaus. »Da hätte ich ihm fünfundsiebzig aufgezählt!« Die Tafelrunde pflichtete ihm bei.

»Der Kerl ist ein Schwede«, sagte Martin Hammer. »Ich hoffte, dass er sich jenseits der Ostsee verkrümelt haben würde. Aber solch ein Volk kennt nicht Scham noch Schande.«

Kapitän Pinell war aufgestanden.

»Ich muss den Anker lichten«, sagte er, den Hut aufsetzend und dann den Anwesenden der Reihe nach die Hände schüttelnd.

»Adjüs, Hammer; adjüs, adjüs, Maaten!«

»Adjüs, Pinell! Gute Reise, Maat! Auf Wiedersehen!«

Die Tür hatte sich hinter dem Scheidenden geschlossen, und die Tafelrunde nahm die Beratungen wieder auf.

Man beschloss, die aufgebrachte Summe - vierhundert Dukaten - dem Kapitän Hammer zu übergeben. Man hatte das Vertrauen zu ihm, dass er das Geld auf geeignete Weise Winters Kindern aushändigen werde, ohne das Zartgefühl und den Stolz derselben zu verletzen. Nachdem dies erledigt war, tat man die Goldstücke in einen besonders großen Beutel und versenkte diesen in Onkel Martins weite Tasche.

Dieser Vorgang aber hatte einen unberufenen Zeugen.

In einer dunkeln Ecke der Gaststube befand sich ein kleines Fensterchen, das in den Hof ging. Hier lauerte hinter den Scheiben ein verschmitztes, spitzbübisches Gesicht mit kleinen funkelnden Augen und umstarrt von zottigem Haar und Bart. Diesen lauernden Augen entging nichts, und als Kapitän Hammer das Geld in den Beutel schob, da blitzten sie auf in gieriger Habsucht und wildem Rachegelüst.

Draußen, auf der Langen Brücke, war alles finster. Schwarz und gigantisch ragte der Vorbau des Krantors über die Straße hinaus, und nur hier und da flackerte das Licht einer Laterne rötlich durch die Nacht.

Die Schiffer zerstreuten sich in verschiedene Richtungen, jeder ging für sich allein, nur Kapitän Hammers vierschrötiger Gestalt folgte in einiger Entfernung ein Schatten.

Der gute Onkel Martin zerbrach sich den Kopf darüber, wie er den »verdammten Bengel«, den Reinhold, zur Annahme des Goldes bewegen sollte, und fast wollte es ihm erscheinen, als sei er gar nicht der geeignete Mann für eine solche Aufgabe.

So war er bis zum Frauentor gelangt. Zur Linken floss die breite Mottlau dahin, zur Rechten ragten die alten finsteren Giebelhäuser empor, schwarz und schweigend. Eben wollte er in das Tor einbiegen, da vernahm er hinter sich Tritte. Er blieb stehen und wendete sich um.

Damals waren die Wassergegenden Danzigs ihrer Unsicherheit wegen übel berüchtigt.

Ein leichter Schreck durchfuhr den alten Schiffer, als er sich des goldbefüllten Beutels erinnerte, den er bei sich trug. Wie, wenn ihm jemand in raubgieriger Absicht gefolgt wäre? Das Gold war ihm anvertraut worden, seine Verantwortlichkeit daher eine große. Was sollte er sagen, wenn ihm der Beutel abgenommen würde?

»Ich werde zurückgehen und den Kerl zwingen, seine Flagge zu zeigen«, sagte er zu sich selber. »Ist er ein Pirat, dann entere ich ihn, ehe er noch weiß, wie ihm geschieht.«

Und kurz entschlossen ging Onkel Martin wieder eine Strecke des Weges zurück, den er gekommen war.

Allein, jetzt vernahm er weder Tritte, noch sah er ein menschliches Wesen. Nur das Geräusch seiner eigenen Schritte unterbrach das nächtliche Schweigen. »Wer weiß, was ich da gehört habe«, sagte er zu sich selber. »Es wird das Echo meiner Tritte im Torbogen gewesen sein. Ich will aber doch lieber durch die Jopengasse gehen und das Geld der »Seejungfer« in Bewahrung geben. Hoffentlich ist das Mädchen noch nicht zu Bett.«

Er kehrte um und näherte sich wieder dem Frauentor.

Da - diesmal hatte er sich nicht getäuscht!

Das war kein Echo, das waren Männertritte dicht hinter ihm.

Ehe er sich der Sache noch recht klar wurde, legte sich hinterrücks eine harte, teerduftende Hand auf seinen Mund, eine Messerklinge berührte kalt seinen Hals, und eine Stimme raunte ihm zu: »Das Gold, oder Sie sterben!«

»Aha!«, sagte Onkel Martin zu sich selber. »Die Stimme kenne ich, die habe ich heute Abend schon einmal gehört. Ich weiß, wer du bist.« Dann fuhr er laut fort, freilich in halb erstickten Tönen: »Lass mich los! Sollst das Gold haben ...«

Mit einem schnellen Griff packte er den Arm, der das Messer hielt, zugleich wendete er sich um und versetzte dem Räuber einen Faustschlag, der für dessen Magen berechnet war, aber nur die Rippen traf. Jetzt entspann sich ein verzweifelter Kampf. Der alte Schiffer wehrte sich, so gut er dies vermochte, mit der Rechten noch immer den Arm des Banditen festhaltend; der aber, jünger und beweglicher, machte ihm schwer zu schaffen. Endlich stürzten beide Ringer keuchend zu Boden.

Nun erst rief der Schiffer, um das Gold zu retten, laut um Hilfe. Eine Stimme, noch innerhalb des Frauentors, antwortete ihm, und gleich darauf vernahm er eilige Schritte.

Mit einem wilden Fluch riss der Räuber sich los, stieß das Messer, wütend, dass die Beute ihm entgehen musste, in des Kapitäns Brust und sprang in den Schatten der Häuser, wo er verschwand. Des Schiffers Uhr, nebst Kette und Petschaft nahm er mit.

Als der Retter auf dem Schauplatz erschien, hatte der Verwundete sich soeben mühsam aufgerichtet. Der Ankömmling beugte sich über ihn. »Onkel Martin!«, rief er erschrocken.

»Du bist's Reinhold?«, entgegnete der Schiffer schwach.

Der Jüngling verlor keine Zeit mit unnützen Fragen. Er versuchte das Blut zu stillen, das in dunklem Strom aus der Wunde rann, und als er in der Entfernung einige Leute gewahrte, da holte er dieselben herbei. Zum Glück waren es Seefahrer, kräftige Männer. Die hoben bereitwillig und sorglich den alten Schiffer auf und trugen ihn unter Reinholds Führung nach der Jopengasse.

»Erschreckt mir nur die »Seejungfer« nicht zu sehr«, sagte Onkel Marin noch.

Dann verlor er die Besinnung.

Fünftes Kapitel.

*Philipp Ambrosius. - Keppen Reinhold Winter. - Supercargo
Martin Hammer und Sekretär Paul.*

Drei Wochen waren vergangen.

Onkel Martin hatte diese ganze Zeit in dem Haus in der Jopengasse zugebracht. Sein Zustand besserte sich langsam.

Jetzt war er soweit hergestellt, dass er das Bett verlassen und, in einen weiten, ganz unseemännischen Schlafrock gehüllt, an den Beratungen der kleinen Familie teilnehmen konnte. Diese Beratungen drehten sich allein um die Frage, wie dem unglücklichen Kapitän Winter, dem geliebten Vater, Hilfe gebracht werden sollte. Noch ein anderer Hausfreund, ein junger Mann von etwa zwanzig Jahren, pflegte an den Beratungen teilzunehmen, der Sohn eines reichen Werftbesitzers und Schiffsbauers mit Namen Ambrosius.

Reinholds Entschluss, den Vater im Indischen Ozean zu suchen, stand unerschütterlich fest. Ehe er denselben jedoch ausführen konnte, waren noch viele Schwierigkeiten zu überwinden. Auch musste Sorge getragen werden, dass die Schwester Luise während seiner Abwesenheit versorgt und wohl aufgehoben war.

»Meinetwegen braucht ihr euch nicht den Kopf zu zerbrechen«, sagte die »Seejungfer«, als man bei der letzten Beratung wieder auf sie zu sprechen kam. »Ich kann arbeiten, so dass es für Paul und mich ausreicht. Auch haben wir, Gott sei Dank, liebe Freunde, die uns nicht verlassen werden.«

Dabei warf sie unwillkürlich einen Seitenblick auf Philipp Ambrosius, der sich pünktlich wieder eingefunden hatte.

»Gut, Seejungfer, dass du mich daran erinnerst«, fiel Kapitän Hammer ein, der soeben aus seinem kleinen

Nebengemach in das Hinterzimmer gekommen war. »Du, Paul! Lauf an mein Bett; unter dem Kopfkissen wirst du einen Beutel finden, den bringe mir her!« Die erwünschte Gelegenheit, das Geld loszuwerden, war gekommen.

Paul, ein hübscher blonder Krauskopf von bald vierzehn Jahren, tat, wie ihm geheißen, und legte gleich darauf den Beutel mit Gold in Onkel Martins Hände. »Gut, dass du mich daran erinnerst, Seejungfer«, fing der alte Schiffer schmunzelnd wieder an, »der Sorge um dich sind wir enthoben.« Damit legte er Luise den schweren Beutel in den Schoß.

Eine Weile starrte diese ihn fragend an, dann aber leerte sie den Beutel auf dem Tisch aus.

Alle Anwesenden blickten erstaunt auf den Reichtum.

Luise zählte. »Aber Onkel!«, rief sie, als sie fertig war. »Das ist ja ein Vermögen! Das sind vierhundert Dukaten!«

»Ganz richtig gezählt«, nickte der Schiffer. »Und all das Geld gehört dir, verstanden? Nicht schreien, Seejungfer! Frage die Kapitäne, die mich hier besuchen kommen, ob's nicht wahr ist. Wir haben das Geld unter uns aufgebracht für dich und für deine Brüder; aus Hochachtung für euren Vater, verstanden? Ruhig da, Reinhold! Wenn du ein wohlhabender Mann geworden bist, dann sollst du uns alles zurückzahlen! Das ist das Geld, Kinder, um das der Straßenräuber mir an jenem Abend ans Leben wollte.«

Luise trocknete sich die Tränen der Rührung aus den Augen. »Liebster, bester Onkel Martin!«, schluchzte sie. »Wie können wir dir nur danken?«

»Mir? Ich habe das wenigste getan. Die anderen sind's gewesen, die in der »Preußischen Flagge« damals saßen. Denen magst du danken, wenn sie sich von dir erwischen lassen. Also Mut, Kinder. Ihr seht, dass die Vorsehung über euch wacht!«

Philipp Ambrosius hatte schon längst darauf gewartet, ein Wort anbringen zu können; jetzt benutzte er die eingetretene Pause und begann: »Kapitän Hammer, Fräulein Winter und du, Reinhold, ich erbitte mir ein kurzes Gehör. Ich selber bin kein Seemann, aber ich liebe die Seeleute und die Seefahrt.«

»Schön von Ihnen«, knurrte Onkel Martin.

Der junge Mann errötete und fuhr fort: »Wir alle kennen Reinholds kühnen Plan, die Meere zu durchschweifen, um seinen Vater aufzusuchen ...«

»Kennen wir«, knurrte der alte Schiffer ungeduldig. »Haben Sie sonst noch Neuigkeiten für uns?«

Philipp Ambrosius wurde noch verlegener; trotzdem redete er weiter: »Wir kennen aber auch die Schwierigkeiten, die sich diesem Plan in den Weg stellen, und nicht nur wir, die wir hier versammelt sind, auch mein Vater kennt diese Schwierigkeiten; mein Vater aber ist ein Freund des Kapitäns Winter und daher auch ein Freund seiner Kinder.«

»Wenn ich nur ein Schiff hätte!«, rief Reinhold, den jungen Ambrosius unterbrechend. »Einen tüchtigen Segler, der natürlich auch Geschütze an Deck führen muss. Drüben auf dem Strohdeich liegt eine kleine neue Bark an der Werft - an deines Vaters Werft, Philipp - wenn ich solch eine Bark zur Verfügung hätte, dann wäre ich überglücklich!« Er sprang auf und begann seinen Achterdecksgang im Zimmer.

Philipp verfolgte ihn mit den Blicken, dann sah er Luise an, die ihm freundlich zulächelte. »Du hast also die Bark gesehen, und sie gefällt dir, was, Reinhold?«, sagte er.

»Ob sie mir gefällt! Das ist ein Schiff, mit dem man den »Fliegenden Holländer« jagen und einholen könnte!«

»Dasselbe sagte der Kapitän Pinell, der noch am Morgen seiner Ausreise mit meinem Vater über das Fahrzeug sprach«. Die Bark gehört meinem Vater, Kapitän Pinell aber besitzt einen Anteil daran. Sie ist den ostindischen Gewässern bestimmt.«

»Wie heißt sie?«, fragte Paul.

»*Hoffnung* ist sie getauft«, antwortete Philipp. »Wir hoffen nämlich viel Geld mit ihr zu verdienen.«

»Wer soll sie führen?«, fragte Reinhold.

»Eigentlich wollte Kapitän Pinell selber an Bord gehen, es fügte sich aber, dass er zunächst noch eine Reise mit seinem bisherigen Schiff zu machen hatte. Können Sie meinem Vater nicht einen Schiffer empfehlen, Kapitän Hammer?«

»Das kann ich; er mag den Jungen da, den Reinhold, nehmen und ihm einen alten, erfahrenen Steuermann als Beistand geben ...«, brummte der alte Seebär.

»Was sagen Sie dazu, Fräulein Luise?«, wendete Ambrosius sich jetzt an das Mädchen. Er war gar nicht mehr verlegen; aus seinen Augen blitzte sogar eine gewisse Schalkhaftigkeit.

»Wenn Gott es so fügen wollte, dann wäre ich innig dankbar«, antwortete sie. »Dann könnte ich auch hoffen, dass uns unser Vater wiedergegeben würde. Aber Bruder Reinhold ist viel zu jung; an den nötigen Kenntnissen fehlt es ihm ja nicht, aber in der Praxis ist er ja noch nicht über Rixhöft und Brüster Ort hinausgekommen. Wie soll er da einen Ostindienfahrer führen können?«

»Das ist eben mein Pech!«, rief Reinhold in hellem Zorn. »Warum hat der Vater mich in ein Kontor gesperrt? Ich bin zum Seemann geboren, das weiß und fühle ich. Hätte der Vater mich diesen Beruf erwählen lassen ...«

»Dann wärst du auch nicht weiter, als du jetzt bist«, unterbrach ihn Luise. »Habe Geduld, Bruder. Gott ist gut zu uns gewesen - blick nur auf den Tisch - will Er den Vater durch dich retten, so wirst du bald Seine führende Hand spüren. Sage auch du ihm das, Onkel Martin. Auch auf Ihr Wort Philipp, gibt er viel; Sie sind uns ja fast ein Bruder. Reden Sie ihm zu, dass er Geduld habe.«

»Er wird auf mich hören, dessen bin ich gewiss«, erwiderte Philipp Ambrosius in einem Ton, der beinahe feierlich klang. »Geben Sie acht, Fräulein Winter, und du, Reinhold, schau her. Hier habe ich ein Schriftstück; ich bin bevollmächtigt, dir dasselbe einzuhändigen, vorausgesetzt, dass du der rechte Mann bist, die darin enthaltenen Weisungen auszuführen. Nun, Reinhold, ich halte dich für den rechten Mann. Hier, nimm das Dokument und lass mich wissen, ob du annimmst oder ablehnst.«

Reinhold war ganz bleich geworden. »Was soll das?«, fragte er, die Hand nur zögernd nach dem Papier ausstreckend. »Hat man etwa meinen Vater gefunden?«

»Nein. Aber lies doch, lies!«

Reinhold entfaltete das Papier und begann dessen Inhalt zu lesen. Plötzlich fing er an zu zittern; er musste die Hand auf den Tisch stützen. »Verstehe ich recht?«, stammelte er. »Kann denn das wahr sein?«

Onkel Martin saß ganz verwundert. Luise aber geriet in Angst. »Philipp, was hat das zu bedeuten?«, forschte sie bang, »Reinhold, sieh mich doch nicht so unheimlich an! Was ist's denn, lieber Bruder?«

Als der Letztere jedoch fortfuhr, wie geistesabwesend auf das Schriftstück zu starren, nahm Philipp wieder das Wort.

»Die Sache ist ganz einfach«, erklärte er lächelnd. »Mein Vater und Kapitän Pinell, beide alte Freunde des Kapitän Winter, haben Reinhold den Kapitänsposten an Bord ihrer Bark *Hoffnung* angetragen. Freilich unter gewissen

Bedingungen. Die erste ist, dass er alles daran setzen soll, seinen Vater aufzufinden.«

»So war's richtig!«, nickte Kapitän Hammer ganz gerührt. »Gratuliere, Keppen Reinhold. Paul was stehst du da und hältst Maulaffen feil? Hole eine Flasche Wein herbei, wir müssen auf Keppen Reinholds Wohl trinken. Auch auf das des treuen Pinell und des braven Ambrosius - den jungen Menschen hier, den Philipp, nicht zu vergessen.«

Reinhold hatte inzwischen das Dokument durchgelesen. »Da ist noch eine andere Bedingung«, sagte er aufblickend, »und zwar eine, die kaum zu erfüllen sein wird. Es wird verlangt, dass Kapitän Hammer die Reise mitmachen soll.«

»Onkel Martin soll dich begleiten?«, rief Luise erfreut. »Ach, das wäre herrlich! Aber das geht ja gar nicht!«

Sie blickte den alten Seemann fragend an, der freudige Ausdruck war jedoch aus ihrem Antlitz geschwunden. Des Kapitäns Verwundung, seine anderen Verpflichtungen - waren das nicht Hindernisse genug? Außerdem, welche Stellung sollte er Reinhold gegenüber einnehmen? Die eines Steuermannes, also eines Untergebenen? Das konnte ihm niemand zumuten.

Martin Hammer selber hatte über dieses Ansinnen nur geringe Verwunderung gezeigt. Dasselbe schien ihm gar nicht so unwillkommen zu sein. »Mein liebes Kind«, sagte er zu dem jungen Mädchen, »ich kann mir wohl denken, was in deinem Kopf vorgeht. Aber sieh, ich bin ein alter Mann und jetzt sogar ein halber Invalide, also kaum noch fähig, die Führung eines Ostindienfahrers zu übernehmen.«

»Aber Onkel Martin!«, rief Luise vorwurfsvoll.

»Ja ja, so ist es, kleine Seejungfer. Ich liege hier abgetakelt, wie eine alte Hulk, und dass ich nicht ein vollständiges Wrack bin, das danke ich euch, ihr lieben Kinder! Wenn nun trotz alledem Ambrosius darauf besteht, dass ich die Reise an Bord der *Hoffnung* mitmachen soll, so tue ich das von Herzen gern, als Steuermann oder als Supercargo, mir soll alles recht sein. Denn ich sage mir, dass meine seemännischen Kenntnisse und meine Erfahrungen dem jungen Keppen Reinhold zu gute kommen werden, und nicht nur ihm, auch meinem alten Freund, den wir ja doch auffinden müssen.«

Reinhold drückte dem wackeren Schiffer gerührt die Hand; Luise aber umarmte zuerst ihren Bruder und dann den treuen alten Freund, der ihr liebkosend die Locken streichelte.

»Nicht mir hast du zu danken, Kindchen!«, sagte er, »danke der Vorsehung, die alles so gut gefügt hat, dass selbst Unglück zum Gewinn für uns wird. Hätte jener Straßenräuber mich nicht niedergestochen, so hätte ich in See gehen und euch verlassen müssen. Freunde haben sich gefunden und Goldfüchse, und jetzt ist auch ein Schiff da, und alles das um eures Vaters willen. Ja, Kinder, eines guten Mannes Wirken und Gedächtnis schafft den Seinen Glück und Segen. Füll mir das Glas noch einmal, Seejungfer. Auf deines Vaters Wohl, Reinhold, und auf eine erfolgreiche Reise!«

Einen so heiteren Abend hatte das alte Haus lange nicht erlebt. Noch vor wenigen Wochen erschien die Zukunft den Winterschen Kindern so schwarz, so trostlos, und nun war's, als habe die Sonne das trübe Gewölk durchbrochen und verscheucht, und alles war freudig und guter Dinge.

Einer nur war nicht zufrieden, und das war der Knabe Paul. Er hätte so gerne die Reise mitgemacht. Reinhold aber wollte davon nichts wissen. Endlich wendete er sich an den Onkel Martin. »Nimm du mich mit, bester Onkel!«, bat er inständigst. »Als Kajütswächter oder als Decksjunge, mir soll alles recht sein, nur nimm mich mit! Ich bin schon groß und stark und kann tüchtig mit anfassen!«

Der alte Schiffer blickte dem Knaben gütig in das erregte Antlitz. »Ja«, sagte er lächelnd, »Schulkinder dürfen eigentlich höchstens in einer Waschbank auf dem Flüsschen herumplätschern, und du willst nun gar mit hinaus nach dem Indischen Ozean? Freilich, solch ein Junge, wie du, kann sich an Bord schon recht nützlich machen. Außerdem würde die Seejungfer froh sein, dich wilden Gesellen auf diese Weise loszuwerden; auch kann sie dann billiger haushalten. Schickst du dich aber an Bord ebenso wenig, wie hier zu Hause, dann verkaufen wir dich; eine Handvoll Silber gibt jeder Sklavenhändler für solch einen Jungen.«

»Aber Onkel Martin!«, rief Luise. »Paul bleibt bei mir. Wo einer satt wird, werden's auch zwei.«

»Im Ernst gesprochen, Seejungfer, Paul könnte mir recht gute Dienste an Bord leisten«, versetzte Martin Hammer. »Als Supercargo würde ich jemand gebrauchen, der gut schreiben kann, und das versteht er ja einigermaßen. Du bist dann eine große Unruhe los. Also abgemacht. Keppen Reinhold, der Paul mustert an als mein Sekretär; tut er nicht gut an Bord, dann füttern wir die Haie mit ihm. Einverstanden?«

»Wie du willst, Onkel Martin«, lächelte Reinhold. »Halte nun aber auch die Ohren ordentlich steif, Paul, und mach, dass du dir Seebeine anschaffst.«

Paul war überglücklich. Onkel Martin hatte die größte Mühe, den stürmischen Knaben von sich abzuschütteln.

»Wenn wir nur den Halunken, der mir die Uhr geraubt hat, noch fassen könnten«, brummte er. »Na, vielleicht kommt er mir noch mal vor den Bug. Jetzt aber ist's Zeit, zur Koje zu gehen. Gute Nacht allerseits.«

Unter wiederholten Dankesäußerungen von Seiten der Kinder zog der alte Seemann sich zurück. Gleich nach seinem Abgang machte sich Philipp Ambrosius auf den Heimweg; auch ihm fehlte es nicht an herzlichen Danksagungen.

Reinhold, Luise und Paul aber vermochten lange keinen Schlaf zu finden, waren ihre Herzen und Gedanken doch zu voll von dem Glück, das dieser Tag gebracht hatte.

Sechstes Kapitel.

Glasenschlagen. - Spuk an Bord. - Ein gekentertes Fahrzeug.
Der fliegende Holländer. - Eine Botschaft vom »Hochmeister«.

Kaum erglänzte die Turmspitze der altehrwürdigen Marienkirche im nächsten Frühlicht, als Reinhold sich nach dem Strohdeich rudern ließ. Hier, unweit der Mündung der Mottlau in die Weichsel, lag die Ambrosiussche Schiffswerft.

Philipp erwartete ihn und führte ihn zu seinem Vater. Der reiche Schiffsbaumeister, ein wortkarger Herr, eröffnete ihm ohne Umschweife, er habe ihm die Führung der Bark nur unter der Bedingung anvertraut, dass Kapitän Hammer ihm Bürgschaft für die richtige Behandlung und Navigation des Schiffes gewähre. »Noch eins«, schloss er seine Rede, »meine Frau braucht eine Gesellschafterin. Reden Sie mit Ihrer Schwester, vielleicht kommt sie während Ihrer Reise zu uns ins Haus.«

Luise erhob zwar einige Einwendungen, als aber Frau Ambrosius selber sie aufsuchte, da fügte sie sich gern. Wusste sie doch hierin eine neue Liebenswürdigkeit der alten Freunde ihres Vaters zu erkennen.

Nachdem Reinhold sich in dem Kontor, das ihm bisher Arbeit gewährt, verabschiedet hatte, machte er sich, unterstützt von Kapitän Hammer, an die Auswahl der Mannschaft.

Kaum hatte sich die Kunde in den Seemannshäusern verbreitet, dass Ambrosius neue, fixe Bark zu einer Expedition zur Aufsuchung des verschollenen Kapitäns Winter und des *Hochmeister* ausgerüstet würde, so wurden Reinhold und der alte Martin Hammer von abenteuerlustigen Seeleuten förmlich bestürmt, so dass es ihnen leicht wurde, die besten auszusuchen.

Auch im Übrigen ging alles glatt, und in kurzer Zeit lag die *Hoffnung* segelfertig auf dem Strom. Ihre Bewaffnung bestand aus sechs Neunpfündern auf jeder Seite und je einer Drehbasse auf dem Back- und Achterdeck. An Handwaffen waren mehrere große Kisten voll Gewehren, Pistolen, Piken und Beile an Bord gekommen. Das Schiff ging in Ballast auf die Reise. Sollte man den Kapitän Winter finden und nebenbei Gelegenheit haben, draußen eine vorteilhafte Ladung an Bord zu nehmen, gut. Wenn nicht, so wollten die Eigentümer schon sehr zufrieden sein, wenn es lediglich den Kapitän Winter heimbrachte.

So dachten und handelten damals deutsche Reeder.

Der Abschied fiel der guten Luise recht schwer. Paul suchte sie zu trösten. »Gräme dich nicht, Schwesterchen«, sagte er. »Wir bleiben nicht lange fort, höchstens ein Jahr. Dann bringen wir dir den Vater. Wird das nicht herrlich sein?«

»Wie aber, wenn von euch allen keiner wiederkommt?«, wandte Luise tränenden Blickes ein.

Paul zuckte die Achseln. »Ein Mädchen kann mehr fragen, als sieben Seeleute beantworten können!«, brummte er vor sich hin; ihm war das Sprichwort von dem Narren und den Klugen in den Kopf gekommen.

Die Mündung der Weichsel lag hinter unseren Abenteurern, und scheinbar unermesslich dehnte die Ostsee sich vor Pauls erstaunten Blicken aus. Er richtete Fragen über Fragen an seinen Bruder, erhielt aber nur selten eine Antwort, denn Kapitän Reinhold hatte keine Zeit, ihn anzuhören.

Die gesamte Mannschaft befand sich an Deck, und die Offiziere waren dabei, die Wachen zu verteilen. Wallux, der

Obersteuermann, und Reinhold suchten sich abwechselnd ihre Leute aus, jetzt Wallux einen Mann für die Steuerbordwache, dann Reinhold einen für die Backbordwache, bis alle untergebracht waren. Paul wurde, als überzähliger Freiwilliger, keiner Wache zugeteilt. Als Rixhöft passiert war, ließ Reinhold die Backbordwache, zu der auch Schlicht, der zweite Steuermann, gehörte, zur Koje gehen; damit war die Seeordnung an Bord in ihr Recht getreten.

Am Abend des zweiten Tages, die *Hoffnung* befand sich bereits in der Nähe der Insel Bornholm, wurde das Wetter nebelig; in kurzer Zeit hatte sich die Atmosphäre so verdickt, dass man vom Besanmast kaum bis zum Großmast zu sehen vermochte. Auf Anraten Martin Hammers ließ Reinhold die Bramsegel, die Klüver, das Gaffeltoppsegel und andere leichte Leinwand wegnehmen und festmachen und das Schiff für die Nacht beidrehen, um nicht in die Gefahr zu kommen, in diesem Nebel auf Klippen zu rennen oder mit anderen Fahrzeugen zusammenzustoßen. Der Wind wehte aus Süd-Süd-West und wurde von Stunde zu Stunde stärker. Die Nacht war so finster, dass man die Dunkelheit zwischen Zeigefinger und Daumen fühlen konnte, wie Kapitän Hammer meinte.

Der Obersteuermann hatte von acht bis zwölf die Wache an Deck. Reinhold war um halb zehn in die Kajüte hinabgegangen, mit der Weisung, ihn wissen zu lassen, wenn das Wetter aufklarte. Paul, dem Freiwilligen, hatte man gestattet, an Deck zu bleiben, und der Junge freute sich darauf, die halbstündigen ›Glasen‹ schlagen zu dürfen.

Während ein Schiff sich auf der Reise befindet, ist das Leben an Bord nach vierstündigen Zeitabschnitten geregelt. Alle vier Stunden lösen die Wachen einander ab; die Steuerbordwache kommt an Deck, die Backbordwache geht zur Koje, und umgekehrt, bei Tag wie bei Nacht. Diese vier Stunden werden nach ›Glasen‹, d. h. Glockenschlägen, gemessen. Um zwölf Uhr mittags schlägt der Mann am Ruder auf Befehl des wachhabenden Offizier acht Glasen in vier Doppelschlägen; halb ein = ein Glas; ein Uhr = zwei Glasen (ein Doppelschlag); halb zwei = drei Glasen (ein Doppelschlag und ein Nachschlag); zwei Uhr = vier Glasen (zwei Doppelschläge); halb drei = fünf Glasen (zwei Doppelschläge und ein Nachschlag); drei Uhr = sechs Glasen (drei Doppelschläge); halb vier = sieben Glasen (drei Doppelschläge und ein Nachschlag); vier Uhr wieder acht Glasen. Dann geht es wieder von vorn an.

Paul hatte sich auf dieses Glasenschlagen bereits eingeübt und kam sich als Zeitangeber sehr wichtig vor. Die Kajütsuhr, die so aufgehängt war, dass man sie vom Ruder aus durch das Oberlichtfenster erkennen konnte, gab ihm die Zeit an.

Es war zehn Uhr geworden. Paul sprang zu der vorn über dem Ankerspill angebrachten Glocke und tat laut und kräftig zwei Doppelschläge, vier Glasen.

Er befand sich wieder auf dem Weg zum Achterdeck, da erklangen noch einmal vier Glasen. Steuermann Wallux fragte ihn erstaunt, warum er denn die Zeit zweimal angegeben habe.

»Das habe ich nicht getan«, antwortete Paul.

»Aber, zum Kuckuck, Paul, da hat doch einer zweimal vier Glasen geschlagen!«

»Das erste Mal war ich's«, versetzte Paul; »als es das zweite Mal schlug, war ich schon achter dem Großmast.«

Der Steuermann rief die Mannschaften der Wache nach hinten und fragte, wer von ihnen die zweiten vier Glasen geschlagen habe. Keiner wollte es gewesen sein; einer meinte, »de lüttje Paul« könnte das ja wohl irrtümlich getan haben, was Paul jedoch so entschieden verneinte, dass der Steuermann die Überzeugung gewann, dass die Leute sich einen Scherz gemacht hatten. Das ärgerte ihn; wenn er den Spaßvogel erwischte, so wollte er ihm ganz gehörig »de Nägels besnieden«.

Halb elf Uhr. »Paul, lauf und schlag fünf Glasen!«

Der Junge tat, wie ihm geheißen.

Kaum aber war er an der Achterdeckstreppe angelangt, da klangen noch einmal fünf Glasen durch die Nacht.

Der Steuermann eilte nach vorn.

Die Wache saß und stand in der Nähe der Kombüse.

Alle hatten das unrechtmäßige Glasenschlagen vernommen, von ihnen aber war niemand beim Ankerspill gewesen. Einer meinte, es spuke an Bord. Dabei war es so finster, dass man beinahe keine Hand vor Augen sehen konnte.

Drohungen murmelnd suchte der Steuermann wieder das Achterdeck auf.

Elf Uhr. Paul tastete ich durch die Finsternis nach vorn und schlug sechs Glasen.

Zehn Sekunden später schlug es noch einmal sechs Glasen. Jetzt wurde ihm unheimlich. Er rannte nach hinten; unterhalb der Achterdeckstreppe stieß er mit dem Steuermann zusammen. Beide stürzten, übereinander rollend, an Deck nieder.

Scheltend raffte Wallux sich wieder auf und ging nach vorn, um zu untersuchen, ob vielleicht ein Mann von der anderen Wache sich den Scherz leiste, vom Logis aus, etwa mittelst eines Segelgarns, den Glockenklöppel in Bewegung zu setze. Er konnte jedoch nichts entdecken.

Die nächste halbe Stunde ließ er nicht anschlagen. Um zwölf Uhr hatte die andere Wache an Deck zu kommen; Paul waltete auch dieses Mal seines Amtes und schlug acht Glasen. Es war ihm dabei nicht ganz wohl zu Mute, da die Mehrzahl der Matrosen der Steuerbordwache jetzt steif und fest behauptete, dass ein Spuk an Bord sein Wesen treibe.

Die vier Doppelschläge vibrierten durch die pechschwarze Dunkelheit; eiligst sprang der Junge zurück; alle lauschten gespannt - richtig! Eins - zwei, drei - vier, fünf - sechs, sieben - acht!

Das konnte nimmermehr mit rechten Dingen zugehen. Das war ein Spuk; daran war nicht zu zweifeln.

Die Backbordwache stolperte und stampfte aus dem durch eine trübe Öllampe erhellten Logis heraus an das stockfinstere Deck. »Warum hat's zweimal acht Glasen geschlagen?«

Das war die erste Frage der Leute.

Paul berichtete eifrig, was sich zugetragen und was die Matrosen der anderen Wache zu der rätselhaften Geschichte gesagt hatten. Dann schlüpfte er in die Kajüte hinunter und suchte seine Koje auf. Reinhold schlief fest; wegen des gespenstischen Glasenschlagens mochte der Steuermann Wallux weder ihn noch den alten Kapitän Hammer aus dem Schlaf stören, um sich nicht am Ende lächerlich zu machen.

Schlicht, der zweite Steuermann, folgte der Instruktion, die er insgeheim vom »Ersten« erhalten hatte. Er sollte die halben Stunden übergehen, nur um zwei und um vier Glasen schlagen lassen und dabei scharf achtgeben.

Um zwei Uhr wurden von einem Matrosen vier Glasen geschlagen; alles horchte auf - der Spuk wiederholte sich!

Der »Zweite« rief den Mann achteraus. Der kam, an allen Gliedern bebend, und zeigte im Schein der Kompasslampe ein kreidebleiches Gesicht. Von Schlicht befragt, beteuerte er, dass außer ihm keine Seele vorn am Ankerspill gewesen sei; die Matrosen der Wache hätten alle bei der Kombüse gestanden. Er redete noch, da kamen die Leute auch schon nach hinten, bis an die Treppe des Achterdecks. Es waren lauter erprobte und unverzagte Seeleute, jetzt aber bangten sie sich gewaltig: Sie redeten nur flüsternd untereinander und meinten in ihrer abergläubischen Furcht, dass sich demnächst irgendetwas Schreckliches an Bord zutragen müsse.

Schlicht wusste nicht, was er denken sollte. Auch er war, wie damals alle Seeleute, mit einem guten Teil Aberglauben behaftet, aber er beherrschte sich und wartete ab.

Gegen Morgen legte sich der Wind etwas, noch immer aber war es neblig, wenn auch nicht mehr so stockfinster. Man konnte keine zehn Schritt weit über die Reling hinaussehen.

So wurde es vier Uhr. Schlicht ging selber und schlug acht Glasen. Er blieb einige Augenblicke bei der Glocke stehen, dann begab er sich langsam nach hinten. Eben setzte er den Fuß auf die Achterdeckstreppe, da wurden laut und deutlich noch einmal acht Glasen geschlagen.

Jetzt standen alle Mann ganz starr. »Dunnerlüchting!«, sagte Schlicht, während ihm die Haare zu Berge stiegen. »Wir haben's alle gehört, und wir können doch nicht alle verrückt sein!«

Er lief zur Kammer des »Ersten« und weckte diesen. Auch die Steuerbordwache wurde ausgepurrt (herausgerufen). Als jedoch kein Mann von derselben sich hinten sehen ließ, ging er zur Kombüse, wo er die gesamte Mannschaft, beide Wachen, auf einem Haufen beisammen fand, dazu auch den Koch, den Zimmermann und den Segelmacher.

Auf seine Frage, ob es denn nicht gefällig wäre, den Mann am Ruder abzulösen, ergriff ein Mann das Wort. »Steuermann«, sagte er mit unsicherer Stimme. »Wir haben uns das überlegt. Das Schiff hier ist verhext, und aus dieser

Reise wird niemals nichts werden. Deswegen wollen wir mit Keppen Winter reden; er soll das Schiff wieder nach Danzig binnen bringen, ehe alle Mann zu Grunde gehen.«

Ganz erschrocken lief der zweite Steuermann zum Achterdeck zurück und wartete, bis Wallux heraufgekommen war. Außer sich vor Erregung teilte er diesem mit, dass die Mannschaft den Dienst verweigere. Alles des Spuks wegen.

Wallux machte ein bedenkliches Gesicht.

»Haben Sie während Ihrer Wache auch den Spuk gehört?«, fragte er den »Zweiten«

»Jawoll, Steuermann.«

»Hm!«, machte der »Erste« und stieg die Kajütstreppe hinab, den jungen Kapitän und zur Vorsorge auch den Supercargo, Kapitän Hammer, zu wecken.

Reinhold kam an Deck, schaute in dem heller werdenden Nebel ringsum und fragte, was es gäbe. Wallux berichtete ihm, was sich beim Glasenschlagen ereignet hatte. Als er fertig war, brach Reinhold in ein lautes Gelächter aus. »Steuermann Wallux!«, rief er. »Ich hätte Sie doch für vernünftiger gehalten! Da hat irgend einer der Leute sich einen schlechten Witz gemacht, den ich ihm übrigens heimzahlen will!«

»An meiner Vernunft hat bisher noch niemand zweifeln dürfen, Keppen Winter«, entgegnete der Obersteuermann beleidigt. »Hier steht Steuermann Schlicht, vielleicht beliebt es Ihnen, auch den zu hören.«

Schlicht erzählte seine Erlebnisse und schloss damit, dass die Leute sich fürchteten, die Reise fortzusetzen.

»Die Leute sollen achteraus kommen!«, befahl Reinhold, der nicht wusste, ob er seinen Ohren trauen sollte.

Langsam kam die Schar der Matrosen bis an die Achterdeckstreppe. Wieder nahm der Mann, der bereits zu dem zweiten Steuermann geredet hatte, das Wort. Das Schiff wäre behext, sagte er, und ein behextes Schiff erreiche niemals den Ort seiner Bestimmung. Er und seine Maaten wären daher übereingekommen, dass es das Beste wäre, die *Hoffnung* liefe nach Danzig zurück und der Kapitän suchte sich ein anderes Fahrzeug.

Wieder lachte Reinhold laut auf.

»Was sollen denn die Reeder dazu sagen, wenn ich ihnen mit solchen Dummheiten komme?«, rief er.

Das wäre ihnen ganz gleich, ob die Reeder etwas sagten oder nicht, antwortete der Matrose. Das Schiff wäre in den Händen eines Spuks und müsste ganz gewiss zu Grunde gehen. Er und seine Maaten hätten nichts verbrochen, weswegen sie zu ersaufen verdienten, und deshalb wollten sie auch leben bleiben, solange sie etwas dazu tun könnten.

Reinhold schwieg. Die Geschichte war unangenehm. Und Onkel Martin war noch immer nicht an Deck.

Inzwischen war es halb fünf geworden.

»Steuermann Schlicht, schlagen Sie ein Glas!«, befahl er.

Schlicht tat, wie ihm geheißen. Alles horchte gespannt, der Glockenschlag wurde nicht wiederholt.

»Nun, wo ist der Spuk?«, fragte Reinhold triumphierend.

Die Leute antworteten, dass derselbe sich hauptsächlich bei zwei, vier, sechs und acht Glasen bemerkbar mache.

Kurz vor fünf Uhr erschien Kapitän Hammer an Deck. Reinhold schilderte ihm in hastigen Worten die Lage der Dinge. Der alte Seemann hörte ihm gemütlich lächelnd zu.

»Es spukt also«, nickte er. »Hm. Ja. Warum soll's nicht spuken? Alle alten Weiber in Danzig glauben an Spuk, warum sollen unsre Janmaaten nicht auch daran glauben? Jetzt ist's fünf, ich werde gleich selber die zwei Glasen schlagen; hoffentlich lässt der Spuk mich nicht im Stich.«

Damit ging er gemächlich nach vorn.

Er schlug die Glocke; kaum war der Doppelklang verhallt, als er zum zweiten Mal klar und deutlich hörbar wurde.

Die Matrosen drängten sich enger aneinander, die Steuerleute schauten sich gegenseitig ratlos an, Reinhold begann leise, aber nicht ohne Verlegenheit, zu pfeifen.

Onkel Martin kam zurückgeschlendert, vergnügt vor sich in kichernd. Auf dem Achterdeck angelangt, fasste er Reinhold am Arm und wies mit der Linken über den Steuerbordbug hinaus. Alle Mann drehten die Köpfe nach jener Richtung. Dort sahen sie in dem locker werdenden Nebel die Umrisse eines Schiffes, das, wie die *Hoffnung*, beigedreht lag.

Beide Fahrzeuge hatten während der ganzen Nacht so dicht beieinandergelegen, dass man auf der *Hoffnung* die andere Schiffsglocke mit größter Deutlichkeit vernehmen musste.

Das gespenstische Läuten hatte damit seine Erklärung gefunden. Die Leute lachten und zogen beruhigt und auch wohl beschämt nach vorn. Den beiden Steuerleuten aber hielt Reinhold, von Onkel Marin dazu angeregt, noch eine Standrede, denn keiner von ihnen hatte bemerkt, dass man am Abend vorher versäumt hatte, die Seitenlaternen, eine grüne auf Steuerbord und eine rote auf Backbord, auszubringen. Der fremde Segler war ebenso nachlässig gewesen, sonst hätten die Schiffe einander nimmermehr so gefahrdrohend nahe kommen können.

Der Nebel hob sich schnell; die *Hoffnung* setzte all ihre Leinwand und hatte die Insel Bornholm bald hinter sich.

Die Fahrt durch das gefährliche Kattegat ging flott vonstatten; das »Deutsche Meer«, wie die Engländer so treffend die Nordsee nennen, wurde durchkreuzt, ohne dass sich etwas Besonderes zutrug, dann ging es mit günstigem

Wind durch den Kanal, der damals noch nicht so lebensgefährlich von Dampfern wimmelte, wie heutzutage, und endlich hinaus in den Atlantischen Ozean. Reinhold lebte sich unter Onkel Martins Anleitung über Erwarten schnell in seinen neuen, verantwortungsreichen Beruf ein und gewann durch sein frisches, männliches Wesen mit der Zeit auch das volle Vertrauen der Mannschaft, deren jüngstes Mitglied immer noch erheblich älter war, als der Kapitän der *Hoffnung*. Paul wurde bald der Liebling aller an Bord.

Die *Hoffnung* steuerte jetzt einen südlichen Kurs. Man gelangte in den Bereich der Passatwinde, dann in die Gegend der ›Kalmen‹ oder Windstillen, ohne hier jedoch sonderlich aufgehalten zu werden.

Es war sehr heiß geworden. Tiefblau wölbte sich der wolkenlose Himmel über dem wunderbar blauen Meer. Über der Reling zitterte die Luft vor Hitze, als ob ein unsichtbarer Dampf von dem Holz aufstiege. Am Tauwerk und auf den weißen, glühenden Decksplanken glitzerten Salzkristalle; man sah die Matrosen mit dunkelroten, glutheißen Gesichtern, mit nackten Füßen, entblößten Armen und offener Brust immer von neuem an die Wasserfässer herantreten und gierig die warme Flüssigkeit aus dem kupfernen Dipper trinken.

Paul lungerte auf dem Achterdeck herum; Kapitän Hammer saß im Schatten des Backsegels auf einem Feldstuhl und rauchte seine Tonpfeife. Reinhold befand sich in der Kajüte, mit dem Ausrechnen des Bestecks beschäftigt.

»Was ist das dort drüben, Onkel Martin?«, rief der Junge plötzlich.

»Wo denn, mein Junge?«, fragte der alte Seemann, die Pfeife aus dem Mund nehmend.

»Dort, Onkel, dort! Was für ein drolliges Ding!«

Hammer lugte in der angegebenen Richtung hinaus in die schwebende Hitze und gewahrte, ungefähr eine Seemeile entfernt, einen im Wasser treibenden Gegenstand, der ab und zu von seiner nassen Oberfläche Lichtblitze herüberwarf.

»Reich mir den Kieker, Paul.«

Der Junge holte das Teleskop aus den Klampen innerhalb der Kajütskappe und gab es dem Schiffer in die ausgestreckte Hand. Der setzte den Tubus ans Auge.

»Das ist ein gekentertes Fahrzeug«, sagte er. »Steuermann Schlicht, haben Sie das Wrack dort bereits gesehen?«

Der »Zweite« kam eilig aufs Achterdeck.

»Nein, Keppen Hammer«, sagte er, das Teleskop entgegennehmend.

»Meiner Treu, ein gekentertes Fahrzeug!«, rief er. »So was lebt nicht! Wie lange mag das Ding schon so herumtreiben?«

»Meiner Meinung nach knapp vierundzwanzig Stunden«, antwortete Hammer. »Es wird in der Bö gekentert sein, die wir gestern Vormittag in südlicher Richtung beobachteten.«

Reinhold war jetzt ebenfalls an Deck gekommen.

»Ich sehe gar kein Spierenwerk bei dem Wrack treiben«, bemerkte er, nachdem er durch das Glas geschaut hatte. »Wenn das Fahrzeug noch Leute an Bord hatte, als es kenterte, dann hat es sich ja wohl drübergestülpt, wie man ein Wasserglas über Fliegen stülpt.«

»Das wäre aber schrecklich!«, rief Paul. »Onkel Martin, wie lange könnte ein Mensch in einer Kajüte leben, die unter Wasser ist?«

»Lange genug, um unter Umständen noch mit dem Leben davonzukommen«, antwortete der Schiffer. »Wenigstens habe ich mal erzählen hören, dass ein Schiff zwischen den Kanarischen Inseln und der afrikanischen Küste koppheister schoss. Die Mannschaft rettete sich bis auf einen Mann.

Einige Tage später trieb das Wrack kieloben an den Strand, nahe bei Matas. Es wurde untersucht, und da fand man den Mann noch lebendig im Raum.«

»Kann solch ein treibendes Wrack nicht zur Nachtzeit den Schiffen sehr gefährlich werden?«, fragte Reinhold. »Dann wäre es unsere Pflicht, das Hindernis aus dem Weg zu räumen.«

»Ohne Zweifel«, nickte Martin Hammer.

Reinhold gab dem Rudersmann die Weisung, näher an das Wrack heranzusteuern.

»Laden Sie die Drehbasse auf der Back, Steuermann Schlicht«, befahl er dann, »und geben Sie dem Ding da eine Vollkugel. Die wird es zum Sinken bringen, denn es treibt nur noch, weil die Luft in seinem Raum nicht entweichen kann.«

Schlicht eilte mit einigen Matrosen auf die Back.

Der erste Schuss ging fehl; der zweite traf den Winkel, wo Kiel und Achtersteven sich vereinigen, und riss die ganze Ecke fort. »So war's recht«, sagte Reinhold. »Das Loch genügt; jetzt muss das Wrack wegsacken.«

Kaum hatte er diese Worte ausgesprochen, da erhob sich ein allgemeines Geschrei an Deck. »Seht doch!«, schrie ein Matrose. »Das Ding ist ja gerammelt voll von Menschen!«

»Es sind Schwarze!«, meinte Schlicht, der wieder nach hinten gerannt war. »Es wird ein Sklavenschiff gewesen sein!«

Aus dem Loch, das die Kugel gerissen, drängte sich eine dunkle, wimmelnde Masse von lebendigen Geschöpfen hervor ans Tageslicht, schwarze, außerordentlich bewegliche Wesen. Es mochten im ganzen etwa dreißig bis vierzig sein. Viele nahmen ihren Sitz auf dem Kiel, viele aber glitten auch an der glatten Kupferung des Wracks hinab ins Wasser.

»Affen sind's!«, schrie Paul. »Richtige, lebendige Affen!«

»Eine Ladung Affen, so ist's«, sagte Onkel Martin, das Teleskop an Reinhold abgebend.

»Aber sollen denn die armen Tiere alle ertrinken?«, fragte Paul voll Mitleid.

»Bringen Sie ein Boot zu Wasser, Steuermann Schlicht!«, befahl der junge Kapitän. »Das Wrack sinkt, weil ihm jetzt die Luft entweicht. Wir dürfen die armen Geschöpfe nicht so hilflos ersaufen lassen. Brasst die Großrah back, ihr da!«

Nach fünf Minuten war das Boot im Wasser, bemannt und unterwegs. »Viele werden sie nicht retten«, sagte Onkel Martin. »Affen sind schlechte Schwimmer.«

Die Matrosen ruderten aus aller Kraft der Stelle zu, wo eine Menge kleiner, schwarzer Köpfe auf und nieder tauchten, als sei dort ein Sack Kokosnüsse ausgeschüttet worden. Schweigend schaute die Besatzung der *Hoffnung* zu.

Das Todesringen eines ertrinkenden Tieres ist immer ein kläglicher Anblick; wahrhaft ergreifend aber ist es, eine Anzahl Affen in den Fluten umkommen zu sehen, jener Wesen, deren Gesichter und Gebärden in der Angst des Sterbens so erschütternd menschenähnlich sind.

»Glaubst du, Onkel Martin, dass jetzt noch Menschen in dem Wrack stecken können?«, fragte Paul, den Blick unablässig auf das immer tiefer sinkende Fahrzeug richtend.

»Da sei Gott vor!«, antwortete der Schiffer. »Das zu erwägen ist jetzt zu spät.«

Paul dachte eine Weile nach. »Wie aber konnten die Affen ohne Luft so lange lebendig bleiben?«, fragte er dann wieder.

»Luft müssen sie gehabt haben, sonst wären sie eben nicht lebendig geblieben«, versetzte Marin Hammer. »Ich denke mir, das Fahrzeug war ein Schoner, auf der Reise von Brasilien nach einem europäischen Hafen. Er hatte eine Ladung Affen, die sich überall gut verkaufen lassen. Während der Bö ist er gekentert, und die eingeschlossene Luft hielt ihn über Wasser.«

»Und wo ist die Besatzung hingekommen?«
»Das weiß Gott allein. Hoffentlich blieb ihr Zeit, sich in die Boote zu retten. Vielleicht begegnen wir ihr noch.«

Das Boot hatte den Ort erreicht, wo das Wrack inzwischen weggesunken war. Die Matrosen sammelten die Affen aus dem Wasser auf, so viel sie erwischen konnten. Dann zögerten sie, aufrechtstehend und um sich blickend, noch eine Weile, und endlich traten sie den Rückweg zum Schiff an.

»Wie viele habt ihr gefangen?«, rief Paul der Bootmannschaft eifrig entgegen.

»Acht Stück«, antwortete einer der Leute.

»Gebt die Tiere an Deck!«, befahl Reinhold.

Einige Matrosen sprangen in die Rüsten, ließen sich die Affen aus dem Boot zureichen und beförderten sie auf das Achterdeck. Trotz allen Mitleids brach Paul in ein herzliches Gelächter aus, als die armen Dinger so nass vor ihm auf den Decksplanken kauerten und so menschenähnlich umherblickten.

»Koch!«, rief der junge Kapitän, »nehmt die Affen nach vorn und gebt ihnen Wasser und etwas zu fressen. Steuermann Schlicht, lassen Sie wieder vollbrassen!«

Paul lief selbstverständlich mit nach vorn und konnte sich den ganzen Tag nicht von den Affen trennen. Die drolligen Tiere wurden überhaupt die Lieblinge der ganzen Mannschaft.

Ohne weitere nennenswerte Erlebnisse passierte die *Hoffnung* die Inseln Ascension und St. Helena. Jetzt zeigten sich die ersten Kaptauben, auch Albatrosse ließen sich ab und zu sehen, die leichtbeschwingten Boten, die das Kap der

Guten Hoffnung, den ihm nahenden Schiffen entgegen zu senden pflegt.

»Wie sieht der ›Fliegende Holländer‹ eigentlich aus, Onkel Martin?«, fragte Paul eines Nachmittags. Er stand an der Reling und fütterte eine Schar Kaptauben mit Speckstückchen; Kapitän Hammer saß auf der Lafette der Drehbasse.

»Wie der aussieht? Das will ich dir sagen …«

»Hast du ihn denn schon einmal gesehen?«

»Gewiss habe ich den ›Fliegenden Holländer‹ gesehen, das heißt, wie man ihn so sieht, nur undeutlich.«

»Wie sieht er also aus, Onkel Martin?«

»Der ›Fliegende Holländer‹ ist ein großes Fahrzeug, gebaut nach uraltem Muster. Der Rumpf, mittschiffs ganz niedrig, kaum vier Fuß über dem Wasser, steigt aber hinten und vorn turmhoch aufwärts. Zwei große, stumpfe Masten tragen die unförmlichen Rahen von vier mächtigen Segeln, und ein dritter viel kleinerer Mast steht dicht bei der Ruderpinne auf dem hinteren Turm. Zwei kurze Klüver laufen zu einem Bugspriet nieder, das steil emporragt. Auf den Masten, oben auf den Toppen, schwanken ein paar ungeheure, von festem Bollwerk umgebene Mastkörbe - hier ist dieser Ausguck angebracht - die wie kleine Forts auf Stelzen aussehen. Das ganze kuriose Fahrzeug ist rot angestrichen, mit einem breiten gelben Streifen rings herum. Ich möchte dem ›Fliegenden‹ nicht zum zweiten Mal begegnen.«

»Warum denn nicht, Onkel Martin?«

»Weil einem dann stets ein Unglück zustößt. Entweder fällt ein Mann über Bord, oder jemand stürzt von oben und bricht sich das Genick oder wenigstens einige Knochen, oder das

Schiff leidet Havarie in einem schweren Sturm, oder es passiert sonst was Schlimmes.«

»Was auch ohne den ›Fliegenden Holländer‹ passiert wäre«, bemerkte Wallux, der alles mit angehört hatte.

»Das sagen Sie so, junger Mann, weil Sie noch nichts derartiges erlebt haben«, entgegnete der alte Hammer. »Ich aber habe den ›Fliegenden Holländer‹ gesehen und weiß, was er uns beschert hat.«

»Ihr Wort in Ehren, Kapitän«, versetzte der Obersteuermann. »Aber was Sie gesehen haben, war eine Luftspiegelung.«

»So?«, fuhr Onkel Martin auf. »Was wissen Sie denn von Luftspiegelungen? Haben Sie schon mal eine Luftspiegelung gesehen, die wie ein Schiff mit vollen Segeln auf Sie losstürmte, dass das weiße Wasser am Bug bis zu den Ankerklüsen aufkochte? Und als alle Mann meinten, nun würde das Geisterschiff über sie hinwegsegeln, da war der Spuk plötzlich verschwunden. Haben Sie das schon mal erlebt?«

»Nein«, antwortete der Steuermann. »Aber ich bleibe dabei, das Geisterschiff ist nichts als eine Luftspiegelung. Sollte mir aber der ›Fliegende Holländer‹ einmal so begegnen, wie Sie soeben schilderten, dann will auch ich an ihn glauben.«

Onkel Martin schwieg unwillig. Er dachte nur gering von den Seeleuten, die mit ihrer Ungläubigkeit prahlten. Er war fest davon überzeugt, den ›Fliegenden Holländer‹ gesehen zu haben, wie vor ihm und nach ihm noch viele andere Seefahrer.

Paul dachte über das Gehörte nach und fütterte seine Kaptauben weiter. Onkel Martin aber verließ übellaunig seinen Sitz auf der Bank und ging nach vorn, um sich mit den

Matrosen zu unterhalten, die nicht so darauf brannten, ihre Weisheit auszukramen, wie der Obersteuermann.

Der Nachmittag neigte sich dem Abend zu. Die *Hoffnung* strich in mäßiger Fahrt, über Backbordhalsen liegend, durch das Wasser; die eine Wache lag und lungerte an Deck umher, die Leute der anderen befanden sich im Logis, schlafend, Zeug flickend oder rauchend. Paul langweilte sich auf der Bank, auf der vorher Onkel Martin gesessen hatte. Steuermann Wallux spazierte auf der Luvseite des Achterdecks auf und ab. Eine Anrede von Seiten des Jungen brachte ihn jedoch zu plötzlichem Stillstand.

»Was schwimmt da, Steuermann?«

»Wo?«

»Da! Backbord voraus!«

Der Steuermann nahm den Kieker zur Hand und suchte in der angegebenen Richtung das Meer ab. »Jetzt sehe ich's«, sagte er nach einer kleinen Weile. »Das scheint ein Boot zu sein - ja, es ist ein Boot, und zwar treibt's kieloben. Luv einen Strich!«, rief er dem Mann am Ruder zu.

Dann ging er nach vorn, um den Ausguckmann auszuschelten, weil er nichts gesehen und nichts gemeldet hatte.

Die Bark steuerte jetzt gerade auf das Boot zu. Paul hatte seinen Bruder gerufen, und der junge Kapitän erschien an Deck.

Er gewahrte sogleich, dass das Schiff den Kurs geändert hatte, nickte jedoch einverstanden, als der Steuermann ihm die Ursache angab. An einem treibenden Boot segelt kein Schiff ohne Not vorbei. Man erhält durch solch ein verschlagenes Fahrzeug zuweilen die merkwürdigsten Aufschlüsse.

Noch keins der Schiffe, die in Rufweite gekommen waren, hatte etwas vom *Hochmeister* gewusst.

Reinhold betrachtete das Boot durch das Teleskop.

»Wir wollen die Jolle zu Wasser bringen, Steuermann«, sagte er dann; »das Boot muss untersucht werden. Lassen Sie das Schiff beidrehen.«

Die Befehle wurden schnell ausgeführt. Das Vormarssegel schlug back gegen die Stenge, und das Schiff verlor seine Fahrt. Es dauerte eine ganze Zeit, ehe die Jolle zurückkam. Sie hatte das Boot im Schlepptau.

»Wir konnten's nicht aufrichten«, rief der Bootssteuerer dem Kapitän zu. »Da muss was unten an den Duchten hängen, sonst wär's nicht so schwer.«

Reinhold ließ das Ende einer Leine hinabwerfen und mit Hilfe derselben das Boot vom Schiff aus herumwuchten. Ehe dasselbe sich jedoch ganz aufrichtete, fielen zwei Leichname heraus, um sogleich zu versinken. Dieselben waren bei der gewaltsamen Bewegung unter den Duchten hervorgeglitten, die sie bisher zurückgehalten hatten.

Die Leute in der Jolle stießen Rufe des Schreckens und Grauens aus, gleich darauf aber lag das Boot auf seinem Kiel. Man schöpfte das Wasser aus und hisste es an Deck.

Alles drängte sich herzu, es zu betrachten.

Es war ein großes Boot, von der Art, wie sie die Ostindienfahrer an Bord zu führen pflegten. Es war gebaut, um eine beträchtliche Anzahl von Passagieren aufnehmen zu können. Allenthalben an den Duchten und Planken hingen Büschel schleimigen Seetangs, hatten sich langstielige Entenmuscheln in Menge angeheftet. Das Boot musste demnach schon eine geraume Zeit gekentert im Wasser getrieben haben. Mast, Segel, Ruder und Riemen fehlten. Es war ganz leer.

»Wenn das Boot erzählen könnte, wüsste es sicherlich von viel Elend, Unglück und Jammer zu berichten«, nahm der junge Kapitän endlich das Wort.

»Das ist leider anzunehmen«, nickte Martin Hammer zustimmend. »Mag eine Schiffsmannschaft, vielleicht auch Passagiere an Bord gehabt haben.« Er ließ einen prüfenden Blick über das Fahrzeug schweifen: »Es sieht mir aber ganz so aus, als ob es zu einem Indienfahrer gehört hätte. Ich kenne die Bauart. Dort hinten im Heck ist ein Bankkasten; kann sein, dass wir darin etwas finden, was uns einen Anhalt gibt.«

Der Bankkasten erwies sich als verschlossen.

Der Zimmermann holte Hammer und Stemmeisen aus seiner Kammer und drängte sich dann durch die umstehende Mannschaft, beneidet von denen, die nichts sehen konnten, und von dem Mann am Ruder. Der kleine Gewahrsam war bald erbrochen. Er enthielt eine in Segeltuch gewickelte Flasche Rum, etwas Schiffsbrot und ein kleines Paket. Das Brot war verdorben.

»Hier sind Blutflecke auf dem Segeltuch«, sagte der Obersteuermann, »und auch hier am Holz. Was mag da vorgegangen sein? Mord, oder Selbstmord, oder ...«

Er schwieg und sah erst den Kapitän und dann Martin Hammer an. Der Letztere erschauderte. Er wusste, was zuweilen in solchen Booten voll von Schiffbrüchigen, die dem Hungertod nahe waren, vorzugehen pflegte. Hier aber lebte keiner mehr, die Frage des Steuermannes zu beantworten.

»Was mag sich in dem Paket befinden?«, forschte Reinhold. »Geben Sie's her, Steuermann.«

Das Päckchen war kaum größer als eine Mannesfaust. Reinhold löste das umschnürende Segelgarn und entfernte die Hüllen, die augenscheinlich Stücke von einer Öljacke eines Seemannes waren. Dann kamen allerlei Lappen, und zuletzt funkelte eine schöne goldene Uhr mit wertvoller Kette vor den Blicken der gespannten Zuschauer.

Reinhold aber stand starr und leichenblass.

»Das ist meines Vaters Uhr!«, stieß er hervor.

Paul drängte sich heran. »Lass sehen, Reinhold!«, bat er. »Ja, das ist unseres lieben Vaters Uhr!«

»Eine Botschaft vom *Hochmeister*!«, sagte Martin Hammer ergriffen.

»O Gott!«, rief der junge Kapitän, in Tränen ausbrechend. »Nun kommen wir doch zu spät! Alle die hier in dem Boot waren, sind tot, und mit ihnen mein armer Vater! Zu spät! Zu spät!«

Damit ging er, von dem gleichfalls weinenden Paul begleitet, in seine Kajüte.

Siebentes Kapitel

Onkel Martin als Tröster. - »Schiff in Sicht!«
Ein heißes Stück Arbeit.

Groß war der Schmerz der beiden Brüder, als sie in der Kajüte am Tisch saßen und wortlos auf die vor ihnen liegenden Reliquien starrten. Waren's doch die letzten Grüße des Vaters, des braven Mannes, der lieber mit seinem Schiff zu Grunde gehen, als dasselbe verlassen wollte.

Vom Deck her vernahm man kaum einen Laut. Die rauen Matrosen waren tief ergriffen von dem Auftritt, dessen Zeugen sie geworden waren. Die Backbordwache ging wieder zur Koje; das Schiff verfolgte von neuem seinen Kurs, der es hinabführen sollte in die kühleren Gegenden des Kaps der Stürme.

Nach einer Weile kam Martin Hammer sachte die Kajütstreppe herab. Ein herzliches Mitgefühl mit dem Leid der von ihm so sehr geliebten Jungen erfüllte seine Brust. Er trat hinter Reinhold und legte ihm sanft die Hand auf den Kopf.

»Ach, Onkel Martin«, sagte der Jüngling mit bebender Stimme, »nun haben wir keine Hoffnung mehr!«

»Doch!«, lächelte der alte Seemann ermutigend, »zunächst haben wir eine sehr tüchtige und feste *Hoffnung* unter den Füßen, unsere wackere Bark, und solange diese zusammenhält, brauchen wir auch jene andere Hoffnung nicht aufgeben.«

»Aber unser Vater lebt doch nicht mehr«, versetzte Paul. »Nun ist die ganze Reise vergebens gewesen!«

»Wer sagt dir denn das, Junge? Wie kommt ihr überhaupt auf den Gedanken, dass Keppen Winter mit in dem Boot gewesen sein muss?«

»Wie sollte dann aber seine Uhr in den Bankkasten gekommen ein?«, entgegnete Reinhold. »Freiwillig hätte er sich nimmermehr von der Uhr getrennt, denn sie war ein Geschenk unserer verstorbenen Mutter. Nein, Onkel Martin, nun ist alles aus. Die meuterische Mannschaft hat den *Hochmeister* verlassen, und unser Vater - o, mich schaudert's wenn ich daran denke, welch ein Ende er gefunden haben mag!«

Und wieder brachen die Brüder in krampfhaftes Weinen aus.

»Ruhig, Kinder!«, mahnte der Schiffer, der selber tief bewegt war. »Ruhig, Keppen Reinhold; ruhig, Paul, mein Junge! Nach eures Vaters Flaschenpost zu urteilen, ist er an Bord seines Schiffes geblieben, als die Boote davongingen, denn er erwähnte seine Einsamkeit. So viel also wissen wir. Was hernach passierte, das ist uns freilich verborgen. Das Boot, das wir auffischten, muss schon lange herumgetrieben sein; eine Strömung hat es in diese Breiten geführt. Von seinen Insassen ist uns nichts bekannt, wir wissen nicht, ob es Passagiere oder Seeleute, ob Meuterer oder Piraten gewesen sind.«

»Aber die Uhr, Onkel Martin, die Uhr!«, rief Reinhold dagegen. »Glaube mir, Vater hätte eher sein Leben gelassen, als diese Uhr, das teure Andenken unserer Mutter!«

»Nimm mir's nicht übel, Sohn, aber dann wäre dein Vater unter Umständen recht töricht gewesen«, versetzte der alte Kapitän. »Nein, für einen Familienvater gibt es noch Wertvolleres, als eine Taschenuhr, und wäre sie auch das teuerste Andenken. Die Uhr kann ihm gestohlen oder geraubt worden ein - meine Uhr hat sogar in Danzig auf der Straße ein Räuber aus der Tasche gezogen, weißt du wohl noch? Na, siehst du, wie viel eher noch können die Meuterer oder die Piraten deinem Vater die Uhr abgenommen haben ...«

»Schiff in Sicht!«, rief der Steuermann durch das offene Oberlichtfenster herab. »Steuerbord voraus! So viel sich in der Dunkelheit erkennen lässt, ist's ein Schoner. Es scheint, als suche er an heranzukommen!«

Reinhold eilte an Deck. Martin Hammer und Paul folgten. Es war finster geworden. Am östlichen Horizont aber zeigte sich ein heller Schein; dort musste sogleich der Mond aufgehen. Der fremde Segler mochte ungefähr eine Seemeile entfernt sein. Er hatte die oberen Segel aufgegeit, als wolle er eine Fahrt verlangsamen, um die *Hoffnung* zu erwarten.

»Vielleicht braucht er unsere Hilfe«, meinte Reinhold.

Onkel Martin, der mit seinen scharfen Augen den Schoner lange gemustert hatte, schüttelte den Kopf.

»Ich denke«, brummte er dann, »man sieht sich vor. Wenn der Kerl unsere Hilfe wollte, dann hätte er uns ein Raketensignal gegeben. Ich an deiner Stelle würde zum Gefecht klar machen lassen.«

»Soll geschehen, Onkel Martin!«, rief Reinhold, mit einem Schlag all seinen Schmerz vergessend. »Du hältst den Schoner für ein Seeräuberschiff?«

»Das will ich nicht sagen, Sohn. Man muss aber vorsichtig und auf der Hut sein. Die Gegend hier ist nämlich ebenso unsicher, wie die Lange Brücke in Danzig zur Nachtzeit.«

Schnell und mit gedämpfter Stimme - man war dem Schoner immer näher gekommen - gab Reinhold seine Befehle. Die Pulverkammer wurde geöffnet und Munition an Deck geschafft und verteilt. Vorher war die andere Wache ausgepurrt worden. Die Matrosen nahmen ihre Plätze bei den

Geschützen ein. Paul ließ sich die Ehre nicht nehmen, die Geschosse für die Drehbasse auf dem Achterdeck herbeizuschleppen.

Bald konnte man durch das Nachtglas erkennen, dass das Deck des Schoners von Leuten wimmelte.

»Das ist sehr verdächtig«, sagte Martin Hammer, und mit prüfendem Blick überflog er das Deck der Hoffnung; die Vorbereitungen waren beendet, alle Mann standen ordnungsgemäß auf ihren Posten. Während der ganzen Fahrt hatte der alte, erfahrene Seemann, so oft die Gelegenheit sich bot, die Leute an den Geschützen üben lassen und auch an den Gebrauch der Handwaffen gewöhnt. Die Mannschaft zählte dreißig Köpfe.

Der Mond war aufgegangen; man konnte jetzt fast so gut sehen, wie bei Tag.

Der Schoner hatte seine Bramsegel wieder vorgeschotet und steuerte direkt auf die Hoffnung zu.

»Er hat nichts Gutes im Sinn«, murmelte der wachsame Onkel Martin.

»Jetzt hält er ab, Keppen Hammer«, bemerkte der Steuermann Wallux, der ebenfalls den Fremden nicht aus den Augen ließ.

»Er traut dem Frieden vielleicht nicht.«

»Hm!«, machte der alte Schiffer. »Ich traue ihm aber auch nicht. Der Halunke ist ein Pirat, daran dürfen wir nicht zweifeln. Er hält ab, um achter uns herumzusegeln und uns zu ›enfilieren‹, wie die Franzosen sagen, das heißt auf gut Danzigsch, uns eine Ladung langsdeck zu geben.«

»Den Spaß wollen wir ihm aber verderben«, sagte Reinhold, der mit pochendem Herzen die Entwicklung der Dinge abwartete.

Sollte er doch zum ersten Mal im Feuer stehen, zum ersten Mal die Todeswaffen gegen Menschenleben richten. Und dies als Befehlshaber einer tapferen Schar!

Langsam, einer schleichenden Katze gleich, strich der Schoner, die Mondscheibe verdeckend, im Bogen darüber.

Kapitän Hammer hatte recht gemutmaßt - er wollte enfilieren.

Da aber erscholl auch schon Reinholds klare Stimme, weit über das Wasser hallend. »Steuerbord das Ruder!«, rief er. »Hierher an die Brassen! Lustig Leute! Herum mit den Rahen! Und nun Achtung bei den Geschützen!«

Die Bark wendete dem Schoner die Breitseite zu.

Jedoch auch dieser befand sich augenscheinlich in geschickten Händen. Er warf sein Ruder in Lee, ließ die Klüver- und Fockstagsegelschoten fliegen und schoss im Nu in den Wind auf, so dass alle seine Rahsegel schlugen und knatterten. Um nächsten Augenblick kam er, scharf angebrasst, wiederum beinahe hinter die *Hoffnung* zu liegen.

Die aber wartete nicht erst auf die Enfilade.

Keppen Reinhold hatte bei den Prügeleien mit seinen Jugendgenossen von jeher nach dem Grundsatz gehandelt: Will dich jemand schlagen, hau du ihn zuerst! Diesem Grundsatz blieb er auch jetzt treu.

»Fertig!«, rief er über das Deck.

»Fertig!«, kam die vielstimmige Antwort.

»Zielt auf seine Taklung! Feuer!«

Der Schoner kam mit vollen Segeln heran. Sein scharfer Bug schleuderte da Wasser in weißsprühendem Schaum von sich; die Kanoniere sahen ihn mehr von vorn als von der Seite.

Drei der Geschütze krachten zugleich. Ein Kartätschenhagel schmetterte durch die Takelung des Schoners.

Eine Dampfwolke stieg zwischen den Fahrzeugen empor, so dass es denen auf dem Achterdeck der *Hoffnung* nicht möglich war, die Wirkung der Schüsse sogleich wahrzunehmen.

Jetzt donnerte es auch vom Schoner herüber.

Das kleine Kugelzeug der Kartätschen riss Splitter aus dem Holzwerk und zersetzte das Taugut. Die Fock erhielt ein großes Loch. Aber niemand wurde verwundet.

»Mach, dass du vom Deck kommst, Paul!«, rief Kapitän Hammer in plötzlicher Angst um den Jungen. »Lauf, kriech in den Raum hinab; da treffen dich die Kugeln nicht!«

»Ja, Onkel Martin«, antwortete der Junge und drückte ich aus des Alten Gesichtskreis.

Das Deck aber verließ er nicht. Er schlüpfte nach der anderen Seite und duckte sich in den Schatten der Reling, fiebernd vor Kampfeslust, ganz Auge und Ohr.

Der Pulverdampf wälzte sich leewärts über das Meer. Die Marsstenge des Piratenfahrzeugs hing über die Seite, seine Segel waren vielfach zerrissen. Schon aber eilten seine Leute in den Wanten nach oben, die Havarie zu beseitigen.

Wieder krachten die Geschütze hüben und drüben. Die *Hoffnung* verlor einen Teil der Reling, zwei Matrosen wurden getötet, ein dritter verwundet.

Der Schoner dagegen erlitt so viel Schaden an seinem Vorgeschirr, dass er nur noch schwerfällig zu manövrieren vermochte.

Diesen Vorteil ließ die Hoffnung sich nicht entgehen. Sie schwang herum, brasste die Rahen vierkant, lief mit vollem

Wind quer vor dem Bug des Schoners vorbei und bestrich sein Deck der Länge nach mit Kartätschen.

Ein schreckliches Geheul und Geschrei erhob sich an Bord des so schwer gestraften Fahrzeugs, dem nun zu teil geworden war, was es der friedfertigen Bark zuzufügen gedacht hatte. Trotzdem aber war die Kampfeswut der Piraten noch nicht gebrochen. Es gelang ihnen, einige Geschütze nach vor zu richten, und so musste die *Hoffnung* noch den Klüverbaum einbüßen.

»Sehen Sie nach den Verwundeten, Steuermann Wallux!«, rief Reinhold. »Nieder mit dem Ruder! Gebt's dem Halunken noch einmal, meine braven Maaten!«

Die Matrosen handhabten die Geschütze mit einer Geschicklichkeit, als hätten sie zeitlebens nichts anderes getan. Steuermann Schlicht bediente die Drehbasse auf dem Back, der Koch sorgte für frische Lunten, und Onkel Martin wanderte mit ermunterndem Zureden von Geschütz zu Geschütz. Die Drehbasse auf dem Achterdeck war nicht zur Verwendung gekommen, zum großen Leidwesen Pauls, der in dem allgemeinen Getümmel wieder herbeigeschlüpft war und hinter der Lafette hockte.

Die Piraten fochten, als hätten sie den Teufel im Leib. Endlich brachte ein glücklicher Schuss des zweiten Steuermannes die Gaffel des Schoners an Deck herunter; dieser wurde dadurch so verkrüppelt, dass er sich nicht mehr bewegen konnte.

»Hurra!«, rief Onkel Martin, der ein blutgetränktes Tuch um den Kopf gebunden hatte, weil ihm ein versprengter Splitter die Stirn aufgerissen hatte. »Hurra, meine Danziger Jungens!« Und dann, ganz vergessend, dass er hier nicht das Kommando hatte, fuhr er in glühendem Eifer fort: »Fertig zum Entern! Er treibt gerade auf uns los! Back ahoi!«

»Oho!«, antwortete Steuermann Schlicht.

»Pfeffert ihm noch eins langsdeck!«

Die Drehbasse spie ihre verderbenbringende Ladung über das Deck des Schoners aus. Der Mond schien so hell, dass die schreckliche Wirkung deutlich zu erkennen war.

Im nächsten Augenblick stießen die Fahrzeuge aneinander.

»Mir nach!«, schrie der alte Martin Hammer.

Und mit geschwungenem Enterbeil stürzte er auf die Reling zu, um sich an Bord des feindlichen Schiffes zu schwingen.

Da legte sich eine feste Hand auf seine Schulter.

»Ich kommandiere hier, Kapitän Hammer«, sagte Reinhold. »Zurück also, wenn ich bitten darf ... Folgt mir, Leute! Hurra!«

Mit wildem Geschrei stürzten sich die Matrosen der *Hoffnung* zugleich mit ihrem jugendlichen Anführer auf das Deck des Piratenschiffs. Trotz der erhaltenen Zurückweisung war Kapitän Hammer nicht der Letzte der kühnen Schar.

Ein furchtbarer Kampf entspann sich. Die Piraten, lauter wüste, verwilderte Kerle, wehrten sich wie die Verzweifelten. Jung Reinhold focht wie ein Held; plötzlich aber kam er ins Wanken, und er wäre niedergestürzt, wenn der alte Hammer ihn nicht noch rechtzeitig aufgefangen hätte.

»Bist du verwundet, Sohn?«, fragte er besorgt.

»Ja, Onkel Martin - bring mich auf die Seite - und übernimm das Kommando. Wo ist Paul?«

Kapitän Hammer aber verfuhr nach eigenem Gutdünken. Unbekümmert um den rings umher tobenden Kampf, schaffte er den verwundeten jungen Schiffer an Bord der *Hoffnung* und hier in die Kajüte.

Während er nach der Verwundung sah, ertönte über ihm auf dem Achterdeck ein heller Ruf: »Hierher! Zu Hilfe! Sie wollen uns vom Boot aus überfallen!«

Es war Paul, der dies Alarmgeschrei ausstieß. Der Junge hatte sich hinter seiner Lafette außerhalb des Bereichs der Kugeln gehalten; er sah den Schoner herantreiben, er sah seinen heldenmütigen Bruder das Seeräuberschiff entern; dann aber sah er, wie von der Leeseite des Schoners ein Boot herumkam, überfüllt mit Bewaffneten, die nun ihrerseits der Besatzung der *Hoffnung* in den Rücken fallen wollten.

»Hierher!«, schrie der Junge aus Leibeskräften den auf dem Verdeck zurückgebliebenen Mannschaften zu. »Die Wilden kommen! Lauter schwarze und gelbe Wilde! Zu Hilfe!«

Ein halbes Dutzend Janmaaten rannte herbei. Das Boot legte sich soeben an der Bark fest; da aber krachten auch schon einige schwere Kanonenkugeln, von den starken Fäusten der Matrosen geschleudert, nieder in das Fahrzeug, das gleich darauf mit durchgeschlagenem Boden wegsank. Ein wilder Knäuel ringender Menschen wälzte sich im Wasser, aber einer nach dem anderen verschwand in der schwarzen Tiefe, und die wenigen, die in die Rüsten geklettert waren, wurden von den grimmigen Janmaaten bald abgefertigt und den anderen nachgesandt.

Mittlerweile hatte der Kampf an Bord des Schoners sein Ende erreicht. Die überlebenden Feinde waren unter Deck geflüchtet und hier durch Schließen der Luken eingesperrt worden.

Die Sieger schöpften Atem.

Da aber brachte ihnen der Ruf »Feuer im Schiff!«, neue Aufregung. Die Piraten hatten ihr Fahrzeug in Brand gesteckt. Eilig zogen die Danziger sich auf ihre Bark zurück.

»Fockstagsegel setzen, Steuermann Schlicht!«, befahl Wallux. »Wir müssen von dem Schoner loskommen!«

Alle Mann machten sich an die Ausführung dieses Kommandos. Die Gefahr war groß, man konnte jeden Augenblick gewärtig sein, dass die Piraten mit ihrem Fahrzeug in die Luft gesprengt würden. Beide Schiffe hatte sich mit ihrem zerschossenen Vorgeschirr derart verwickelt, dass es viel zu haken und zu sägen gab, ehe man das Wirrsal zu lösen vermochte. Endlich konnte die Bark vor freischeren.

Da fiel dem Obersteuermann der Gedanke an die eingesperrten Feinde schwer auf die Seele. »Wir können die Menschen doch nicht verbrennen lassen!«, rief er. »Wer kommt mir?«

Paul spitzte die Ohren. Diesmal wollte er dabei sein. Er ergriff das Ende der Großbrasse und sprang damit hinüber in die Großwant des Schoners. Hier machte er die Leine fest. So blieben die Fahrzeuge noch in Verbindung.

Zugleich mit ihm waren Wallux und einige Matrosen auf das brennende Fahrzeug gesprungen. Sie eilten zur Großluk und hoben den Deckel ab. Ein dicker Qualm wälzte sich daraus hervor, dann schoss eine jähe Flamme hoch empor.

»Zurück auf die Bark!«, schrie Wallux. »Es ist zu spät, wir können ihnen nicht mehr helfen!«

Paul begann an seiner Leine zu reißen, die Matrosen halfen ihm, und bald waren die Schiffe wieder so nahe beieinander, dass alle in die Wanten der Bark zu springen vermochten. Paul und Wallux waren die Letzten.

Die Bark entfernte sich eine Strecke und drehte dann bei, um im Mondlicht auf die Feinde zu warten, die vielleicht noch gerettet werden konnten.

Achtes Kapitel.

Die Beichte des Meuterers. - Kriegsrat. - Der Sturm.

Reinholds Verletzung erwies sich als eine Schusswunde in der Schulter, die ihn voraussichtlich eine Zeitlang an die Koje fesseln musste. Kapitän Hammer legte ihm einen kunstgerechten Verband an und begab sich dann an Deck. Hier waren die Leute beim Deckwaschen, um die Blutspuren zu entfernen. Die Geschütze standen teils ausgerannt, teils binnenbords; die Takelung bildete ein wüstes Durcheinander von lose schwingenden Leinen und Tauen, zerfetzt hängenden Segeln und zerbrochenen Rundhölzern; auch die Verschanzung war hier und da weggerissen, und über dem Ganzen lag hell und bleich das gespenstische Licht des vollen Mondes. Etwa dreiviertel Seemeilen entfernt trieb der Piratenschoner; die rote Lohe schlug aus ihm empor, färbte den leewärts davonziehenden schwarzbraunen Qualm mit glühenden Schattierungen und übergoss die Wogen mit blutigem Schein.

Die nicht mit dem Reinigen und Aufklaren des Decks beschäftigte Mannschaft hing teils in der Takelung, um hier Ordnung zu schaffen, teil suchte sie in den Booten, die mit den Wogen kämpfenden Piraten zu retten, die, um nicht zu verbrennen, ins Wasser gesprungen waren. Paul und der zweite Steuermann entwickelten bei diesen menschenfreundlichen Bestrebungen ganz besonderen Eifer; allzu dicht an das brennende Fahrzeug aber wagten sie sich doch nicht heran, da dasselbe jeden Augenblick in die Luft fliegen konnte.

Im ganzen wurden achtzehn Seemänner aufgefischt, fünfzehn Araber, ein Schwarzer und zwei Weiße; die letzteren waren, als man sie ins Boot zog, so erschöpft, dass sie kein Wort hervorbringen konnten. Der Rest der Bemannung war entweder im Kampf gefallen oder musste nun elend verbrennen oder ertrinken - ein hartes, aber nicht unverdientes Geschick.

Noch hatten die zurückkehrenden Boote die Bark nicht erreicht, da explodierte das Piratenschiff mit betäubendem Gekrach, Planken, Spieren, menschliche Leiber hoch gegen das stille, sternenfunkelnde Firmament schleudernd. Gleich darauf versank der glühende Rumpf zischend und qualmend in der See.

Die geretteten Piraten wurden als Gefangene behandelt und in den Raum der *Hoffnung* gesperrt. Den beiden Weißen schien das nicht zu behagen; sie drückten sich herum, bis sie von der ganzen Rotte nur noch allein an Deck waren.

»Wir sind lange genug mit den Leuten zusammen gewesen«, sagte der eine von ihnen in englischer Sprache zu dem Obersteuermann Wallux, der die Unterbringung der Gefangenen überwachte, »jetzt möchten wir nicht auch noch in demselben Loch mit ihnen schwitzen.«

»Yes, Mister«, bat der andere, »tun Sie uns den Gefallen und lassen Sie uns an Deck bleiben.«

Die beiden Kerle waren nass wie Wasserratten, unbewaffnet und taten recht demütig.

»Wer seid Ihr?«, herrschte Wallux sie an. »Wie kommt ihr englisches Gesindel unter die arabischen Piraten? He?«

Die beiden wechselten einen schnellen Blick miteinander, und dann antwortete der Mann, der zuerst gesprochen hatte: »Wir sind schiffbrüchige Seeleute, Mister. Wir haben unser Schiff bei Madagaskar verloren, und als wir hungernd im Boot umhertrieben, da hat der Piratenschoner uns aufgesammelt. Wir mussten mittun, sonst hätten sie uns die Köpfe abgeschnitten.«

»Wie hieß euer Schiff, das bei Madagaskar untergegangen ein soll?«, forschte Wallux weiter.

»Der *Hochmei...*«, sagte der eine, die letzte Silbe in plötzlichem Schreck unterdrückend, denn sein Kamerad versetzte ihm einen verstohlenen Rippenstoß und rief: »Unser Schiff heiß *Sansibar*!«

»Was sagtest du?«, fuhr der Obersteuermann auf den ersten ein.

»Unser Schiff hieß *Sansibar*«, betete er seinem Genossen nach, den Blick des Seemannes nur mühsam aushaltend.

»Yes, Mister, *Sansibar* hieß es«, bestätigte der andere. »Wir gerieten auf eine Korallenklippe, das Schiff wurde leck und sank so schnell, dass wir kaum Zeit hatten, die Boote zu Wasser zu bringen.«

»War das Fahrzeug eine Brigg, eine Bark oder ein Vollschiff?«, fragte Wallux, die Gesichter der Kerle nicht aus den Augen lassend.

»Ein Vollschiff«, antwortete der eine.

»Ja, ein Vollschiff«, nickte auch der andere.

»So, also ein Vollschiff. Und wie lange ist's her, seit ihr Schiffbruch littet?«

»Sechs Monate«, sagte der eine.

»Neun Monate«, meinte der andere.

»So, der sagt sechs, und du sagst neun Monate. Wer von euch lügt nun?«

»Keiner, Mister«, versetzte der größere der beiden, ein wüst aussehender Mensch mit zottigem Bart. Der andere war schmächtig und hellblond. »Es mag auch schon acht Monate her sein.«

»Und ihr beide wart immer beisammen?«

»Yes, Sir, immer beisammen«, sagte der Schwarzbärtige.

»Hm«, machte Wallux, »und doch antwortet der eine so und der andere so. Hm! Nun, ihr könnt nach vorn gehen, ins Volkslogis, vorausgesetzt, dass unsere Leute euch dort haben wollen. Gegen Morgen kommt der Supercargo an Deck, dann werden wir sehen, was mit euch geschehen soll.«

Um vier Uhr morgens fand der Obersteuermann die Engländer auf der Back fest eingeschlafen. Er betrachtete sie eine Weile kopfschüttelnd, dann ging er achteraus, um die Wache an den zweiten Steuermann abzutreten. Als die Schiffsglocke sieben Glasen schlug, um halb acht Uhr, erschien er wieder an Deck, wo er den alten Kapitän Hammer im Gespräch mit Steuermann Schlicht antraf. Sogleich teilte er dem ersteren seine Gedanken über die beiden Engländer mit.

»Die Kerle gefallen mir nicht«, sagte er. »Sie verwickelten sich bei meinem Fragen in Widersprüche, und ich müsste mich sehr geirrt haben, wenn der eine, als er den Namen seines Schiffes nennen sollte, nicht zuerst das Wort *Hochmeister* auf der Zunge hatte, ehe er den Namen *Sansibar* angab. Vielleicht nehmen Sie die Halunken ins Verhör, Keppen Hammer. Wie steht es übrigens mit unserem jungen Schiffer?«

»Keppen Winter befindet sich den Umständen nach wohl«, antwortete der alte Seefahrer. »Die Kugel hat eine glatte Wunde gemacht, die bald heilen wird. Der junge Mann ist aber gegenwärtig sehr schwach und bedarf der größten Ruhe.«

»Da wollen wir das Beste hoffen«, versetzte Wallux. »Soll ich Ihnen die Kerle vorführen lassen?«

»Ja, wollen sie mal ansehen«, nickte der Alte.

»Also vom *Hochmeister* soll der eine geredet haben? Hm, hm!«

Wallux ging nach vorn und befahl einigen Matrosen, die beiden Gefangenen mittschiffs zur Großluk zu bringen. Die Kerle wurden aus dem Schlaf gerüttelt und erschienen blinzelnd und die Augen reibend auf dem Hauptdeck. Als sie das Boot gewahrten, das die *Hoffnung* aufgefischt hatte und das seitdem achter dem Fockmast an der Verschanzung lag, da erschraken beide sichtlich. Der schmächtige Blonde wurde ganz blass und selbst ein Rippenstoß von Seiten des Gefährten vermochte nicht, ihm die Fassung sogleich wiederzugeben.

Der alte Martin Hammer, der das Achterdeck verlassen hatte, musterte die Herankommenden mit seinen durchdringenden Blicken. »Ihr kennt das Boot, wie ich sehe«, begann er. »Zu welchem Schiff hat es gehört? Redet die Wahrheit, denn mit Lügen erreicht ihr bei mir nichts.«

»Wir wissen nichts von dem Boot«, entgegnete der schwarzbärtige Matrose finster.

»Dann wollen wir die Araber und die Schwarzen fragen«, nahm der Obersteuermann das Wort, »vielleicht entsinnen die sich noch, ob dies das Boot ist, aus dem der Schoner euch an Bord nahm.«

»Ich bin ein Englishman und mein Wort muss hier mehr gelten, als das eines Schwarzen«, antwortete der Mann trotzig, »es geschähe euch, scheint's, ein Gefallen damit, wenn wir aussagten, das wäre das Boot, in dem wir so lange umhertrieben.«

»Und warum sollten wir das nicht sagen?«, fiel der schmächtige Matrose ein. »Was ist dabei? Warum ein Geheimnis daraus machen? Yes, Sir, Ihr habt ganz recht; das ist dasselbe Boot, in dem meine Maaten und ich das Schiff verließen.«

Der Schwarze warf ihm einen wütenden, Unheil verkündenden Blick zu. Kapitän Hammer gewahrte diesen Blick; derselbe sagte ihm genug. »Und Kapitän Winter - wo ist der geblieben?«, wendete er sich plötzlich an den Blonden.

»O, der entkam von Bord, schon lange vor uns. Wir desertierten von den Piraten.«

Ein dumpfer Zorneslaut entrang sich der Brust des anderen; der Blonde erkannte zu spät den Fehler, den er begangen. Wohl versuchte er, sich herauszureden, aber sein verworrenes Geschwätz bestätigte nur noch Kapitän Hammers Verdacht. »Euer Schiff war der *Hochmeister* von Danzig«, sagte er mit ruhiger Bestimmtheit. »Leugnen hilft euch nichts mehr. Willst du uns jetzt die Wahrheit sagen, die reine Wahrheit?«

»Das will ich«, antwortete der eingeschüchterte Mensch.

Und eben öffnete er den Mund zu seiner Beichte, da riss der andere blitzschnell ein verborgen gehaltenes Messer heraus und stieß es ihm in die Brust. Dann lachte der Mörder wild auf und schwang sich über die Reling in die Flut, in der er wie ein Stein untersank. Der Getroffene taumelte gegen das Boot.

Der alte Kapitän sprang zuerst herzu. Mit Hilfe des Steuermannes legte er den ächzenden Mann an Deck nieder. Ein Blick in dessen Gesicht ließ ihn erkennen, dass es schnell zu Ende ging. »Paul soll herkommen, schnell!«, rief er. »Kann uns der Mann noch etwas sagen, so mag er das an seines Bruders Stelle mit anhören. So viel Englisch versteht er schon.«

Wallux wollte das Messer aus der Brust des Verwundeten ziehen, Kapitän Hammer aber hinderte ihn daran.

»Sonst verblutet er zu schnell«, sagte er.

Paul kam eilfertig aus der Kajüte herbei. Man hatte ihn aus dem Schlaf geweckt. Als er den sterbenden Mann liegen sah, erschrak er. »Was ist's, Onkel Martin?«, fragte er ängstlich. »Was soll ich? Wer ist dieser Mann?«

»Hier ist ein Mord geschehen«, antwortete der Alte. »Tretet zurück, Leute!«, rief er den Matrosen zu, die sich neugierig versammelt hatten.

Gehorsam zerstreuten sich die Janmaaten über das Deck. Jetzt erschien Steuermann Schlicht auf dem Schauplatz, eine Flasche mit Rum in der Hand. Hammer griff danach und flößte dem Sterbenden ein wenig von dem Inhalt ein.

»Er ist ein Meuterer von deines Vaters Schiff«, sagte er dabei erklärend zu Paul. »Wir müssen versuchen, noch so viel wie möglich von ihm zu erfahren, ehe er sein Kabel schlippt.«

Die fahle Blässe auf dem Gesicht des Mannes erhielt einen lebendigeren Schimmer; er schlug die Augen auf.

»Ist's zu Ende mit mir?«, fragte er in heiserem Flüsterton.

»Wir tun für dich, was in unseren Kräften steht«, antwortete Kapitän Hammer. »Nimm noch einen Schluck.«

Gierig schlürfte der Mann den Rum hinunter. Sein Blick schweifte dabei von einem zum anderen. Auf Pauls Antlitz blieb er haften. »Das ist Kapitän Winters Gesicht«, ächzte er. »Ich will alles bekennen - hört mir zu - ich muss reden, sonst kann ich nicht sterben!«

»Wir hören«, sagte Martin Hammer ernst. »Sprich und entlaste dein Gewissen.«

»Ich bin vom *Hochmeister*«, brachte der Sterbende mühsam hervor. »Wir meuterten - und nahmen das Schiff - wir und die Piraten. Dann desertierten einige - im Boot - und suchten nach den Passagieren und dem Geld ...«

Er schwieg erschöpft.

»Weiter«, drängte der alte Hammer. »Weiter, Mann! Was wurde aus dem Schiff und dem Kapitän?«

»Weiß nicht!«, antwortete der Mann mit großer Anstrengung. »Ein Boot holten wir ein - Gonnor, der Mann, der mich gestochen hat, war unser Anführer. Wir schlugen die Passagiere und die anderen tot - o Gott, sei mir gnädig. Nur den Gonnor ließen wir leben, weil er zu uns halten wollte. Dann liefen wir ein Eiland an - und blieben da - bis unser Proviant - zu Ende war. Hernach - gingen wir wieder in See - hatten schlechtes Wetter - Hungersnot - o, schrecklich, schrecklich! Endlich nahm uns das Piratenschiff auf - mich und Gonnor - die anderen waren schon zu elend - die ließen sie in dem Boot weiter treiben. Ihr habt es aufgefischt, dort - steht's an Deck ...«

»Aber der *Hochmeister*?«, fragte Martin Hammer dringend. »Was wurde aus dem *Hochmeister*?«

Der Mann richtete die gläsernen Augen auf Paul. »Euer Vater«, röchelte er, »kam davon - ich weiß es nicht - der *Hochmeister* ist - Seeräuberschiff - Mosambik - ich - o Hilfe! - Gnade mein Gott - Gnade! ...«

Das Röcheln erstickte seine Stimme. Er wendete den Kopf zur Seite. Dann war alles vorbei.

»Er ist tot«, sagte Kapitän Hammer. Er bückte sich, zog das Messer aus der Brust des Leichnams und schleuderte es über Bord. »Deinem Vater also gelang es, den Händen der Mordgesellen zu entschlüpfen«, fuhr er, zu Paul gewendet, fort. »Hoffen wir zu Gott, dass wir ihn auffinden, ihn und sein gutes Schiff, den *Hochmeister*. Wir haben jetzt wenigstens einen bestimmten Anhalt. Unser Ziel muss der Kanal von Mosambik sein.« Damit ergriff er des Jungen Hand und schritt mit ihm achteraus.

Steuermann Schlicht ließ den Toten in altes Segelleinen nähen, mit einer Kanonenkugel beschweren und dann ohne weitere Zeremonie über die Reling werfen.

Die *Hoffnung* steuerte wieder ihren Kurs, dem Kap zu. Der Obersteuermann und Kapitän Hammer teilten sich die Führung des Schiffes, da Reinhold vorläufig noch an seine Koje gefesselt blieb. Die Heilung seiner Wunde nahm jedoch einen so guten Verlauf, dass er ziemlich wiederhergestellt war, als die Bark in die Tafelbai einlief.

Hier ging man zu Anker, um die Vorräte zu ergänzen und einige größere Reparaturen vorzunehmen. Die Erkundungen, die man sich während dieser Zeit über Kapitän Winter und sein Schiff einzuziehen bemühte, blieben erfolglos. Die Enttäuschung war groß, aber man musste sich zufriedengeben. Nach zehn Tagen ging die *Hoffnung* wieder unter Segel.

Reinhold konnte bei gutem Wetter bereits auf der Bank neben dem Oberlichtfenster auf dem Achterdeck sitzen, Hammer und Wallux aber hatten immer noch das Kommando. Die Piraten waren den Behörden in Kapstadt ausgeliefert worden. Bei dieser Gelegenheit erfuhr man, dass der Piratenschoner den Namen *Sanspareil* geführt hatte und der Schrecken aller Kauffahrer gewesen war. Unseren Danziger Helden war es vorbehalten gewesen, die Seefahrt von dieser Geißel zu befreien.

Am Kap der Guten Hoffnung steht eine Dünung, so hoch und so lang, wie sie in keinem anderen Meeresteil angetroffen wird. Dünung nennt man die langsam rollenden Anschwellungen der See, die fortwährend die Ozeane in gleicher Richtung durchziehen. Am Kap schätzt man die Länge einer solchen Dünungswoge auf dreißig Meilen. Gegen diese Dünung und gegen eine starke Brise aus Süd-Süd-Ost hatte die *Hoffnung* ein schweres Stück Arbeit. Das Fahrzeug nahm luvwärts viel Wasser über, so dass die Mannschaft tagelang keinen trockenen Faden am Leib hatte. Den Offizieren erging es nicht besser, trotzdem aber war alles guten Mutes. Der Sieg über die Seeräuber hatte alle Mann in die gehobenste Stimmung versetzt.

Ehe die Bark in den Kanal von Mosambik einlief, wurde in der Kajüte Kriegsrat abgehalten, an dem sich der Kapitän, der Supercargo, der Obersteuermann und Paul beteiligte.

Reinhold saß auf dem Sofa, ab und zu bei den heftigen Bewegungen des Schiffes das Gesicht schmerzhaft verziehend, denn die Wunde war noch immer empfindlich; die anderen standen am Tisch, dessen Füße im Deck verschraubt waren, um sich einen Halt zu sichern. »Onkel Martin«, sagte Reinhold, »du bist in diesen Meeren zu Hause. Hier hat die Meuterei auf dem *Hochmeister* stattgefunden, hier hat mein Vater das Schiff verlassen und vielleicht auf einem der Eilande Zuflucht nehmen müssen; sage uns nun, was wir zunächst beginnen sollen.«

»Den Indischen Ozean habe ich oft genug befahren«, antwortete der alte Schiffer, »der Kanal von Mosambik aber ist mir unbekannt. Den kennt jedoch wohl unser Obersteuermann ...«

»Ja«, sagte Wallux, »ich bin einige Mal auf der Reise nach Mosambik und Sansibar hier durchgekommen.«

»Na, das wäre schon etwas«, nickte Kapitän Hammer. »Dann wissen Sie auch, dass die Gegend von Sklavenjägern wimmelt, und dass wir scharfen Ausguck halten müssen.«

»Leider haben wir nicht den geringsten Fingerzeig dafür, auf welchem Eiland wir unseren Vater suchen sollen, wenn er sich überhaupt auf einem Eiland und nicht an Bord eines Piratenfahrzeugs befindet«, bemerkte Reinhold niedergeschlagen. »Ich denke, wir halten jedes verdächtige Schiff an; vielleicht kommen wir dann auf die rechte Spur.«

»Das können wir ja tun«, versetzte Wallux, der schon längst nicht mehr daran glaubte, Kapitän Gotthelf Winter noch lebendig aufzufinden. »Jetzt fragt es sich aber zunächst, halten wir uns mehr an der Küste von Afrika oder an der von Madagaskar?«

»Ich stimme für Madagaskar«, sagte Kapitän Hammer. »Dort treffen wir die meisten Sklavenjäger, von denen einer oder der andere sicher etwas von dem Schicksal des preußischen Ostindienfahrers gehört hat.«

In diesem Augenblick steckte der zweite Steuermann seinen Kopf in das geöffnete Oberlichtfenster. »Wir müssen Segel wegnehmen«, rief er herab. »Es zieht eine Bö herauf.«

Kapitän Hammer und der Obersteuermann eilten an Deck hinauf, und bald war die Mannschaft emsig beschäftigt, die Bramsegel aufzugeien und festzumachen und dann die Marssegel und den Besan zu reffen. Die See ging hoch und höher. Nicht nur eine Bö, sondern ein Orkan war im Anzug.

Bei Sonnenuntergang war das Meer ein wildes, tobendes Chaos. Schwere Wassermassen stürzten über den Bug des Schiffes herein, das bald Bugspriet und Klüverbaum in den schäumenden Fluten begrub, bald den Vordersteven so hoch aus dem Wasser hob, dass ein langes Stück vom Kiel frei wurde. Es währte nicht lange, so mussten sämtliche Segel bis auf ein Sturmstagsegel und das Großmarssegel geborgen werden.

Fürchterlich heulte und pfiff der Sturm in der Takelung; die Wogen trafen das in allen Fugen knirschende Fahrzeug wie mit Hammerschlägen, dazu krachte der Donner, und die undurchdringliche Nacht wurde nur von dem Phosphorleuchten der brausenden See und ab und zu durch einen Blitzstrahl erhellt. Noch war kein Tropfen Regen gefallen. Das Schiff hielt sich wacker, und schon gab Kapitän

Hammer sich der Hoffnung hin, dass alles ohne Havarie ablaufen würde, da knatterte es in der finsteren Höhe wie ein Rollfeuer von hundert Kanonen, ein bleichblauer Strahl züngelte hernieder, im Nu stand der Großtopp in Flammen und drei Matrosen lagen erschlagen in dem innerhalb der Leereling schäumenden Wasser. Die *Hoffnung* war verkrüppelt, ihr Großmast eine lohende Fackel.

Steuermann Wallux eilte vom Achterdeck nach vorn, um Befehle zu erteilen. Die beiden am Ruder stehenden Matrosen ließen, vom Blitz und Feuer geblendet und verwirrt, das Schiff einige Striche abfallen; eine See von ungeheurer Höhe wälzte sich heran, wie ein lebendes Gebirge kam sie daher, phosphordurchleuchtet, schwarzgrün, unermesslich.

»Festhalten!«, schrie Kapitän Hammer über das Deck hin. Die Matrosen hatten das Ungetüm bereits kommen sehen und griffen nach allem, was ihnen Halt gewähren konnte. Die Woge stürzte sich mit furchtbarem Gebrüll über die Luvreling und die Back - viele hundert Zentner Wasser auf einmal! Alle an Deck befindlichen Leute wurden von der gewaltigen Wassermasse vollständig begraben und hatten, als die Flut endlich soweit verlaufen war, dass sie wieder atmen konnten, nahezu die Besinnung verloren.

Die Sturzsee hatte alles, was ihr keinen Widerstand leisten konnte, über Bord gespült; sie hatte zwei Boote aus den Davits gerissen - Davits heißen die eisernen Krane, in denen die Boote hängen - die Hühnerhocken zerschmettert, das Geflügel ersäuft und drei Schweine aus ihrem Stall in das Matrosenlogis geschwemmt, wo sie in der Finsternis erbärmlich quiekten.

Kaum hatte Kapitän Hammer sich das Salzwasser aus den Augen gewischt, da krachte es von neuem, und wieder fuhr der Wetterstrahl hernieder. »Ein kalter Schlag«, murmelte der Alte. »Und da kommt der Regen, Gott sei Dank!«

Ein Wasserfall rauschte urplötzlich vom Himmel herab. Der Guss war so dicht, dass man, selbst wenn es Tag gewesen wäre, keine zehn Schritt weit hätte sehen können.

»Wo nur der Wallux bleibt?«, sagte Martin Hammer vor sich hin und dann, zu den Leuten am Ruder gewendet, laut: »Stetig! Giert nicht so umher mit dem Schiff!«

»Der alte Kasten will dem Ruder nicht mehr recht gehorchen, Kapitän«, antwortete einer der Männer. »Seit der Sturzsee hat er eine Schlagseite nach Steuerbord.« (D. h. hängt er nach Steuerbord über). »Mit der *Hoffnung* ist das nun wohl Matthäi am Letzten.«

»Ach was, schämt euch! Die Bark hält noch länger zusammen als wir alle. Da seht, das Feuer im Großtopp hat der Regen gelöscht, wie haben die Bahn des Orkans beinahe hinter uns, und der Wind wird nachlassen. Wo nur der Obersteuermann bleibt!«

Da kam ein Mann die Achterdeckstreppe heraufgepoltert. Er krallte sich mit beiden Fäusten an die Reling und arbeitete sich mit Anstrengung nach hinten. Als er dicht bei Hammer angelangt war, erkannte dieser in ihm Schlicht, den zweiten Steuermann. »Keppen Hammer«, schrie er durch das Sturmgebraus. »Sie haben jetzt ganz allein das Kommando an Bord. Steuermann Wallux liegt vom Blitz erschlagen!«

Neuntes Kapitel.

*Was der Matrose Pilarski sagt. - Warum Onkel Martin den
Säbel wegwarf. - An Bord des »Hochmeister«.*

Ein eisiger Schreck durchfuhr den alten Seemann. Der
brave Wallux, der soeben noch in Gesundheit und
Lebenskraft neben ihm gestanden hatte, war tot! Er konnte es
kaum fassen.

»Der Blitz traf ihn ...«, berichtete der »Zweite«. »Er fiel,
rollte nach Lee hinunter und gab keinen Laut mehr von sich.«

»Ich werde dem Schiffer Mitteilung machen«, antwortete
Kapitän Hammer möglichst gefasst. »Gehen Sie nun wieder
nach vorn. Wir werden bald Segel setzen können.«

Die Matrosen hatten den Steuermann auf die Vorluk
gelegt und dort festgezurrt. Der Verstorbene war sehr beliebt
gewesen, sein Verlust erfüllte die Leute mit trüben
Empfindungen.

»An all dem Unglück ist nur das Boot schuld, das wir
damals auffischten«, meinte einer der Janmaaten. »So lange
das an Bord bleibt, geht's nicht gut.«

»Das ist dummer Schnack!«, entgegnete ein anderer.
»Haben wir nicht die Piraten verhauen, und derbe? Und war
da das Boot vielleicht nicht an Bord?«

»Gewiss war's an Bord, aber bloß deswegen, damit die
beiden englischen Spitzbuben entdeckt werden konnten. Jetzt
ist's bloß noch ein Unglücksboot. Die Spitzbuben sind tot.
Unser Obersteuermann aber auch. Und der junge Keppen
macht's vielleicht auch nicht mehr lange. Seit das verdammte
Boot an Deck liegt, sind wir verhext, wie der ›Fliegende
Holländer‹!«

Trotz der abergläubischen Befürchtungen des guten Danzigers aber begann die Wut des Sturmes nachzulassen; wohl rollten die Wogen noch bergeshoch, wohl regnete es noch immer in Strömen, aber die Bark konnte bereits wieder etwas mehr Leinwand führen, und das Deck war soweit wasserfrei, dass der Leichnam des Obersteuermannes bei dem grauen Morgenlicht in Segeltuch genäht und in die Tiefe gesenkt werden konnte.

Selbst die Unglücksraben unter den Matrosen gaben jetzt zu, dass die Bark vielleicht noch einmal davonkommen könnte, wenn das Boot über Bord geworfen würde; geschähe das aber nicht, dann, so meinte der Matrose Pilarski, der abergläubischste von allen, wäre der Bark nicht mehr zu helfen. »Dann sind wir gerade so verloren, als wenn wir dem ›Fliegenden Holländer‹ begegnet wären«, sagte er.

Kapitän Hammer saß in der Kajüte bei seinem jungen Freund, Keppen Reinhold. Er hatte demselben von allem, was sich ereignet hatte, Bericht erstattet. Der jugendliche Schiffer beklagte den Tod seines ersten Offiziers bitterlich, musste seine Gedanken aber bald anderen Dingen zuwenden.

»Die Bark ist von dem Sturm schwer mitgenommen«, setzte Onkel Martin ihm auseinander. »Sie hat eine Schlaglift nach Steuerbord, jedenfalls weil der Ballast nach einer Seite hinübergerollt ist. Vom Großtopp steht nur noch der Untermast; Bram- und Marsstenge sind verbrannt. Ich meine daher, wir täten gut, einen Hafen auf Madagaskar anzulaufen und dort das Schiff auszubessern. Auch brummen die Matrosen und fürchten noch mehr Unheil, weil das Boot vom *Hochmeister* an Bord ist.«

Reinhold erklärte sich mit Onkel Martins Vorschlag einverstanden, und beide begaben sich an Deck. Der junge Schiffer war noch schwach auf den Füßen; er trug den linken

Arm in einer Schlinge, und sein Antlitz sah in dem fahlen Licht des Morgenhimmels sehr bleich aus.

Ein leichter Nebel lag über dem Meer, dessen schwarze Wogen sich noch nicht beruhigen wollten. Im Westen lagerte eine Bank weißlichen Dunstes, die entweder eine neue Bö oder aber dichteren Nebel bringen konnte. Der Wind kam jetzt von achtern, und die *Hoffnung* lag auf nord-nord-östlichem Kurs.

Die weiße Dunstbank kam näher und näher.

»Es gibt noch mehr Nebel, weiter nichts«, sagte Kapitän Hammer zu Reinhold, mit erhobener Nase in die Luft schnüffelnd. »Immerhin schlimm genug, denn wir haben hier unsicheres Fahrwasser und die Sklavenfahrzeuge streifen überall umher.«

Reinhold antwortete nicht. Aufmerksam beobachtete er das eigenartige Schauspiel: Den mit großer Schnelligkeit herangleitenden Nebelberg, der sich meilenweit zwischen See und Himmel ausbreitete und in dessen Mitte sich ein dunkler Schatten zeigte, dessen Umrisse jedoch nicht erkennbar waren.

Plötzlich schnaubte ein Windstoß aus den Nebelmassen heraus. Der schnell gesetzte Klüver füllte sich und drückte des Schiffes Bug nach Steuerbord; die Rahen wurden angebrasst und der Besan gesetzt. Der Wind wurde stetig und trieb die Bark schnell durchs Wasser. Zugleich brachte er den Nebel mit, der im Nu die ganze Luft erfüllte.

Kapitän Hammer kratzte sich hinter den Ohren.

»Am liebsten drehte ich bei und wartete, bis es wieder aufklart«, sagte er. »In dem dicken Wetter weiß man nicht, wohin man gerät.«

Kaum hatte er geendet, als ein lautes Alarmgeschrei vom Vordeck her ertönte.

Ein im Nebel riesenhaft groß erscheinendes Schiff kam, vor dem Wind segelnd, mit großer Schnelligkeit heran, gespenstisch, von weißen Dunststreifen umwallt.

»Der Fliegende Holländer«, rief der Matrose Pilarski.

Da stürmte das gewaltige Fahrzeug auch schon vorüber, dicht vor dem Klüverbaum der Bark.

»Donnerwetter!«, sagte Kapitän Hammer. »Das ging noch gut ab! Der Kerl hätte uns in den Grund rennen können!«

Er schaute dem fremden Segler nach, der sogleich wieder im Nebel verschwand. »Er sah aus wie ein Ostindienfahrer«, sagte Reinhold. »Wie mag er hierherkommen? So weit nördlich von seinem Kurs?«

»Der Orkan wird ihn verschlagen haben«, antwortete der alte Schiffer, noch immer in der Richtung des verschwundenen Schiffes in den Nebel hinausstarrend. »Er schien sich den Teufel daraus zu machen, ob er uns umrannte oder nicht. Schwerenot! Da kommt er schon wieder! Backbord das Ruder!«

Die *Hoffnung* drehte sich so, dass sie dem heranstürmenden Fremden ihr Heck wies. Brausend und unter einer Wolke von Segeln fuhr er daher.

Die Bark hatte soeben Halsen und Schoten losgeworfen und befand sich mitten im Wenden, da feuerte der dicht vorüberstreichende Fremde ganz unerwartet eine Breitseite gegen sie ab, die in ihrer Takelung neue Verwüstungen anrichtete.

Wohl sprangen die wackeren Danziger an die Geschütze, ohne erst das Kommando abzuwarten; der verräterische Überfall war jedoch so plötzlich geschehen, dass die Gegenwehr nichts mehr nützte. Ehe man es sich versah, lagen die Fahrzeuge Seite an Seite, und mit wildem Geschrei ergoss sich eine Unzahl Bewaffneter über die Reling des Fremden an Deck der *Hoffnung*.

»Hab ich's nicht gesagt?«, schrie der Matrose Pilarski, sich mit einem schweren Brecheisen in das Handgemenge stürzend. »Das verdammte Boot ist an allem schuld!« Bei diesen Worten schlug er dem nächsten der Räuber den Schädel ein.

Schon wütete der Kampf hinten und vorn. Onkel Martin focht mit einem schnell erwischten Säbel wie ein Löwe, nachdem er den mit allen Kräften widerstrebenden Reinhold die Kajütstreppe hinuntergedrängt hatte. Allein aller Todesmut der Danziger war vergebens. Die Überzahl erdrückte sie.

Einer der Banditen, anscheinend der Befehlshaber, stürzte auf Kapitän Hammer zu. »Ergebt Euch!«, rief er in englischer Sprache. »Die Waffen nieder, sonst kann ich dem Blutvergießen keinen Einhalt tun!«

Der alte Seemann ließ einen verzweifelten Blick über sein Schiff schweifen; er sah, dass keine Hoffnung mehr blieb. Da warf er seinen Säbel klirrend auf die Planken nieder.

Der Pirat schrie einige Worte in das Getümmel; die Kämpfenden trennten sich; die Danziger schleuderten ingrimmig die Waffen fort - die *Hoffnung* war besiegt, genommen!

»Wir sind verloren!«, stöhnte Reinhold, der ganz gebrochen unten in der Kajüte saß. »O, wer hätte gedacht, dass alles solch ein Ende nehmen würde!«

»So lange wir noch leben, dürfen wir nicht verzagen«, versetzte Kapitän Hammer, der dem Piratenführer stumm und verächtlich den Rücken gekehrt hatte und langsam die Kampanjetreppe hinuntergestiegen war. »Also Mut, Sohn, Gott verlässt keinen Deutschen, am wenigsten einen

Danziger. Einige der Schufte da oben sind übrigens Engländer.«

»Und deswegen wahrscheinlich um so größere Schufte«, entgegnete Reinhold. »Wo ist Paul? Er wird sich doch nicht in das Getümmel gewagt haben?«

Der alte Schiffer erschrak. »Paul?«, wiederholte er. »Ich habe ihn nicht gesehen. Ich will ihn aber suchen.«

Damit eilte er zu der Tür hinaus, die auf das Hauptdeck führte.

Hier saßen einige der Matrosen der *Hoffnung* auf der Achterluk. Die Leute waren mit Blut bedeckt und vom Kampf erschöpft. »Ich hab's ja gleich gesagt«, brummte der schwarzbärtige Pilarski, der so kräftig mit dem Brecheisen dreingeschlagen hatte. »Hab ich's nicht gesagt? Wir haben auf dieser Reise kein Glück, und warum nicht? Weil das Schiff verhext ist! Das verdammte Boot! Da steht's, keine Kugel hat's getroffen, keine See weggerissen, weil's ein Teufelsfahrzeug ist!«

»I Mann!«, antwortete der neben ihm sitzende Matrose. »Noch schwimmen wir ja, Gott sei Dank, und noch haben wir den Kopf auf den Schultern, freilich mit ein paar Löchern drin - die Piraten können uns auch nicht treffen!«

»Nein, aber aufhängen«, knurrte Pilarski in verbissener Wut. »Wart's nur ab, mein Jungchen!«

Die Piraten, eine bunt zusammengewürfelte Horde von Arabern, Schwarzen, Portugiesen und Engländern, waren so angelegentlich mit dem Plündern beschäftigt, dass sie sich vorläufig um die besiegte Mannschaft gar nicht bekümmerten. Der bereits erwähnte, die Rolle eines Befehlshabers spielende Mann, ließ Reinhold Winter, Martin Hammer und den Steuermann Schlicht an Bord seines Schiffes, eines großen Dreimasters, transportieren; er selber folgte. Noch lag der Nebel dicht auf dem Wasser; das Piratenschiff schlingerte und stampfte so heftig, dass es zuweilen schien, als müsse die kleine Bark unter ihm erdrückt werden.

»Wo ist der Kapitano?«, fragte der Engländer, als er mit seinen Gefangenen an Deck des gewaltigen Kastens stand.

»Der ist tot«, antwortete einer der Seeräuber. »Ein junger Mensch, ein Knabe, schoss ihm aus dem Besantopp der Bark eine Kugel in den Kopf. Jetzt bist du unser Kapitano.«

»Mir auch recht«, sagte der Engländer und winkte den drei Danzigern, ihm nach hinten zu folgen.

Der Nebel war jetzt so undurchsichtig, dass unsere Freunde kaum die Breite des Decks zu überschauen vermochten.

»Ein Glück für Sie - ich meine, dass der Kapitano tot ist«, wendete sich der Pirat an Kapitän Hammer. »Sie sind ein Preuße aus Danzig; ich kenne Sie wohl. Bin ich doch oft genug von Hull und Shields nach Danzig gefahren. Sie sind ehemals Kapitän an Bord des Ostindienfahrers *Sumatra* gewesen; ich erinnere mich Ihrer genau. Es soll Ihnen kein Leid geschehen, so lange ich hier noch etwas zu sagen habe.«

»Und wer sind Sie, wenn ich fragen darf?«, versetzte der alte Schiffer höchst erstaunt.

»Ich bin ein englischer Seemann, den ein kurioser Wind unter die Piraten geweht hat. Gegenwärtig habe ich das Kommando dieses Schiffes, und mein Name ist Stephens.«

»So«, sagte Martin Hammer, »also Keppen Stephens. Und was ist dies für ein Schiff? Ich habe noch niemals ein Piratenfahrzeug gesehen, das wie ein Indienfahrer gebaut und getakelt war.«

»Haha!«, lachte der andere. »Sie wundern sich darüber, das will ich wohl glauben! Man hält uns niemals eher für die

Freibeuter, die wir sind, als bis man unsere Breitseite in den Rippen fühlt! Das verdanken wir dem guten alten *Hochmeister* ...«

»Welchem *Hochmeister*!«, schrie Reinhold ihn an.

»Nun, dem Vollschiff *Hochmeister*«, Indienfahrer von Danzig«, antwortete der Kapitano mit triumphierenden Lächeln. »Allmächtiger Gott!«, rief Reinhold, während der alte Kapitän Hammer und Steuermann Schlicht wie angewurzelt standen. »Sie sind einer der Meuterer, die meinen armen Vater ins Unglück gebracht haben! Mensch, ich beschwöre Sie - wo ist mein Vater?«

»Ihr Vater?«, fragte der Seeräuber erschrocken. »Wer ist Ihr Vater, und wer sind Sie?«

Dabei packte er Reinhold an dem gelähmten Arm, so dass der junge Mann vor Schmerz aufschrie. »Mein Vater ist Kapitän Gotthelf Winter, und ich bin Reinhold Winter, sein ältester Sohn!«, rief der junge Schiffer sich losreißend. »Schurke! Mörder! Wo ist mein Vater?«

»Keine Beleidigungen!«, entgegnete der Kapitano, einen Schritt zurücktretend. »Sie vergessen, dass Sie mein Gefangener sind. Noch ein unverschämtes Wort, und Sie fliegen über die Reling! Der *Hochmeister* ist das Schiff, auf dem Sie sich gegenwärtig befinden, mein Schiff, junger Mann. Von Kapitän Winter aber weiß ich weiter nichts, als dass er damals dort über das Heck in die Jolle stieg und sich davon machte.«

»Sie haben ihn nicht umgebracht?«

»Ich habe ihn nicht umgebracht«, antwortete der Pirat beinahe feierlich. »Auch kein anderer - soviel ich weiß. Ihr Vater verließ das Schiff in der Jolle. Meinen Eid darauf. Zügeln Sie also Ihre Zunge, sonst übergebe ich Sie meinen

Leuten. Es sollte mir schmerzlich sein, Kapitän Winters Sohn umbringen lassen zu müssen.«

Reinhold wankte und wäre gefallen, wenn Kapitän Hammer ihn nicht gestützt hätte. Er war auf das Tiefste erschüttert.

»Ich bin hier also an Bord des *Hochmeister*! Des so lang verschollen gewesenen Schiffes!«, murmelte er. »O, mein armer Vater! Werde ich dich jemals wiedersehen?«

Er schlug die Hände vor das Gesicht und schluchzte laut. Rings um ihn war wüstes Getümmel. Die plündernden Piraten erfüllten die Luft mit wüstem Geschrei, und die Danziger Janmaaten, in ihrem ohnmächtigen Zorn, antworteten ihnen mit jenen kräftigen Redensarten, für welche die echten Söhne der Weichsel noch heutigen Tages berüchtigt sind. Zum Glück blieben sie einander gänzlich unverständlich.

Zehntes Kapitel.

Der Rädelsführer der Meuterer des *Hochmeister*, jetzt Kommandant des Piratenschiffes, fühlte sich durch den Schmerz des armen Reinhold so ergriffen, als dies bei einer Natur, wie der seinigen, nur immer möglich war.

Kapitän Gotthelf Winter hatte ihn in Kalkutta aus dem Gefängnis erlöst, in dem er sonst wahrscheinlich zugrunde gegangen wäre. Und die Dankesempfindung regte sich auch jetzt wieder in ihm, soweit sein sonstiges Wesen dies zuließ.

Nach und nach legte sich das Getümmel; es wurde stiller auf den beiden Schiffen, die noch immer Seite an Seite lagen.

Der Kapitano hatte seine drei Gefangenen sich selbst überlassen. Obwohl eine ziemliche Anzahl der ihm untergebenen Halunken europäischer Herkunft war, so waren sie doch so verwildert, dass den Überwundenen Grausamkeiten aller Art drohten, wenn man die wüsten Gesellen nicht im Zaum hielt.

»Wer nicht mit uns ist, der ist wider uns«, so hieß es bei den Piraten, denen Stephens sich zugesellt hatte; die Danziger mussten sich daher wahrscheinlich entscheiden, ob sie den Banditenberuf oder den Tod wählen wollten.

Als Stephens den Schauplatz überblickte, fiel sein Auge auf drei Kerle, die unter der Fockrah standen, an der sie einen Block mit einer Leine angebracht hatten. Man wollte einen der Gefangenen hängen, das war ihm sofort einleuchtend. Dieser Gefangene aber war ein Junge, eben halb erwaschen; der arme Wicht erwartete zitternd sein Geschick.

Ein wildblickender Portugiese legte die Schlinge um des Jungen Hals. Dieser stieß einen Schrei der Todesangst aus.

Der Schrei drang in das Ohr des alten Kapitän Martin Hammer. Der wendete sich hastig um und gewahrte den eine Zeitlang in Vergessenheit geratenen Paul in den Händen der mordgierigen Bösewichte. »Paul«, rief er entsetzt.

Dann erspähte er den mittschiffs stehenden Kapitano.

»Keppen Stephens!«, schrie er herzueilend auf diesen ein. »Sie können unmöglich gestatten, dass Ihre Leute das arme Kind dort aufhängen!«

Schon hatte auch Reinhold wahrgenommen, um was es sich handelte. Wie eine Löwin, der man ihr Junges rauben will, stürzte er auf die drei Kerle zu. »Wagt es!«, rief er, den Bruder an sich reißend. »Wagt es, ihm ein Haar zu krümmen!«

»Zurück!«, schnaubte einer der Piraten, ein Engländer, ihn an. »Zurück, sonst hängen wir dich gleich mit ihm!«

Der Portugiese und der dritte der Kerle griffen zu, und es wäre den beiden Brüdern übel ergangen, wenn der Kapitano nicht rechtzeitig seine Stimme erhoben und befohlen hätte, sie auf der Stelle frei zu geben.

Die drei Mordgesellen aber weigerten sich, dem neuen Kapitano Gehorsam zu leisten. Wutschäumend riss der Engländer sein Messer heraus, und wahrscheinlich hätte einer der Brüder oder auch der Kapitano die Unterbrechung mit sofortigem Tod büßen müssen, wenn der Letztere den Empörer nicht niedergeschossen hätte. Diese entschlossene Tat dämpfte den Mut der beiden anderen, blieb aber sonst in dem allgemeinen Wirrwarr unbemerkt.

Der Portugiese und sein Genosse schlichen sich davon, ihre tückischen, rachedurstigen Blicke aber verkündeten nichts Gutes.

Kapitän Hammer und Steuermann Schlicht befreiten den geretteten Jungen von seinen Fesseln. »Wie in aller Welt kam es den Halunken in den Kopf, gerade dich an die Fockrah zu hängen, mein armer Junge?«, fragte der alte Schiffer.

»Das will ich dir sagen, Onkel Martin«, antwortete Paul, der immer noch bleich war, aber bereits wieder mit seinem alten, unverzagten Lächeln um sich blickte. »Ich habe von der steuerbordschen Besanwant aus den Kapitän der Piraten totgeschossen, als er dort hinten auf seinem Achterdeck stand. Ich erkannte ihn an dem Turban und der goldbestickten Jacke. Hernach verkroch ich mich in der Achterluk, da aber holten die drei Kerle mich heraus und schleppten mich hierher.«

Stephens trat herzu und betrachtete den Jungen mit finsteren Blicken. »Ohne mein Einschreiten hingest du jetzt da oben«, sagte er, zur Fockrah empordeutend. »Ich habe mir dadurch bei meinen Leuten etwas eingebrockt, wie sich bald zeigen wird. Die Halunken sind argwöhnisch. Geht nun achteraus und in die Kajüte, alle vier. Ich komme später nach.«

»Was aber wird aus meinen Leuten, meinen braven Danzigern?«, fragte Reinhold.

»Die werden entweder an Bord dieses Schiffes Dienste nehmen oder aber über die Reling spazieren, den Haien zum Fraß. Jetzt aber unter Deck, wenn ich bitten darf.«

»Unsere Danziger sollen Piraten werden?«, fragte Kapitän Hammer grimmig. »Eine solche Niederträchtigkeit ...«

»Sachte, Kapitän«, unterbrach ihn Stephens höhnisch. »Das wären nicht die ersten Danziger Seeleute, die der schwarzen Flagge schwören mussten.«

»Meine Leute sind treue Preußen und daher zehntausend mal besser als Ihre Mordgesellen!«, rief Reinhold heftig. »Stephens, Sie haben meinen Vater in den Tod getrieben;

suchen Sie nun Ihre Schuld zu erleichtern und geben Sie meine Schiffsgenossen frei!«

»Das kann ich nicht«, entgegnete der Pirat düster. »Ihren Vater habe ich nicht in den Tod getrieben, ihn vielmehr mit eigener Lebensgefahr entwischen lassen, weil ich ihm Dank schuldete. Dazu habe ich soeben erst Ihren Bruder, ja, wahrscheinlich auch Ihnen und Kapitän Hammer das Leben gerettet - ist da nicht genug? Soll ich mir meine ganze Mannschaft mit Gewalt auf den Hals hetzen? Ihre Leute müssen schwören oder schwimmen, so will es unser Gesetz.«

»So nehmen Sie mein Leben für das meiner treuen Männer!«, rief der junge Mann opfermutig. »Ich habe es zu verantworten, dass meine Mannschaft in diese fürchterliche Lage geriet, und solange ich lebe, soll man die Braven weder ehrlos machen noch in den Tod treiben!«

Der Kapitano stampfte mit dem Fuß.

»So nehmen Sie doch Vernunft an!«, drängte er, seinen Zorn bezwingend. »Ich will ja nur Ihr und Ihrer Freunde Bestes. Meine Leute sind Höllenhunde, wenn sie in Wut gesetzt werden! Ich möchte Kapitän Winters Söhne und jenen alten Schiffer gern retten, Sie aber scheinen meine gute Absicht mutwillig vereiteln zu wollen!«

»Ich weiche nicht von der Stelle!«, entgegnete Reinhold mit zusammengebissenen Zähnen. »Ein Meuterer hat mir keine Befehle zu erteilen, und an seine gute Absicht glaube ich nicht!«

Stephens zog eine Pistole aus dem Gurt. »Unter Deck!«, knirschte er, die Waffe auf den jungen Mann richtend.

Reinhold rührte sich nicht.

»So stirb, du Narr!«, rief der Pirat und drückte ab.

Paul warf sich mit einem Angstruf zwischen die beiden; dessen bedurfte es jedoch nicht.

Die Pistole hatte versagt. Mit einem dumpfen Fluch schleuderte Stephen sie über Bord.

»Gott will Ihren Tod nicht!«, rief er. Damit packte er Reinhold und stieß denselben, der sich nur schwächlich zu widersetzen vermochte, ohne weiteres in die Kampanjeluke hinab.

Der alte Hammer nickte beifällig, fasste Pauls Hand und folgte. Schlicht war der Letzte.

»Hier bleiben Sie, meine Herren, bis ich wiederkomme«, sagte er Kapitano, den halb ohnmächtigen Reinhold zum Sofa führend. »Ich werde alles tun, Sie zu beschützen.«

Damit sprang er an Deck zurück.

Keiner der Gefangenen redete ein Wort; düster starrte ein jeder vor sich hin; wie sollten sie dem Geschick entrinnen, das ihnen an Bord dieses Piratenschiffs bevorstand?

Der arme Paul weinte leise. Er dachte an die Heimat, an die Schwester Luise, an seine Spielgefährten, und betete inbrünstig um Befreiung.

Nach einer Viertelstunde kam Stephens wieder die Treppe herab. »Ich habe getan, was ich konnte«, sagte er zu Kapitän Hammer. »Die Mehrzahl Ihrer Leute hat sich vorläufig bereit finden lassen, bei den Ausbesserungsarbeiten mit Hand anzulegen, sowohl auf Ihrem Schiff, als auch auf dem unseren. Ich will nunmehr Ihnen gegenüber mein Versprechen halten. Heute Abend wenn es dunkel geworden ist, sollen vier Ihrer Matrosen in einem Boot bereitliegen, Sie alle aufzunehmen. Es ist das Äußerste, was ich tun kann; ich denke dabei hauptsächlich an den alten guten Kapitän Winter. Sie können nun meinen Vorschlag annehmen oder ablehnen, wie Sie wollen. Bleiben Sie hier, dann kann ich für Ihr Leben nicht einstehen.«

Damit ging er wieder an Deck und ließ den Vieren Zeit, sich die Sache zu überlegen.

»Nun, Reinhold«, nahm der alte Hammer nach einigen Minuten das Wort, »wie denkst du, dich zu entscheiden?«

»Ich bleibe hier«, war die kurze Antwort.

»Du willst hierbleiben?«, rief Paul in höchstem Erstaunen. »Du bist nicht bei Trost, Reinhold! Ich bleibe nicht hier, so viel steht fest! Ich soll mich wohl wieder aufhängen lassen, nicht wahr? Nein, mein Lieber, das fällt mir nicht ein!«

»Gehen wir bei diesem Wetter ins Boot, dann ist zehn gegen ein zu wetten, dass wir ertrinken«, entgegnete Reinhold.

»Wenn's nicht anders ist, dann will ich doch lieber ersaufen, als mich an die Fockrah knüpfen zu lassen«, versetzte Paul. »Dann sterbe ich wenigstens einen Seemannstod. Bist du nicht auch meiner Meinung, Onkel Martin?«

»Wo Keppen Reinhold bleibt, da bleibe auch ich«, antwortete der Alte.

»Ich verlange nicht, dass du dich an mich bindest, Onkel Martin«, sagte der Jüngling. »Die Pflicht aber verlangt, dass ich bei meinem Schiff ausharre.«

»Du kannst dem Schiff nichts mehr nützen«, warf Paul ein.

»Ich kann mit ihm untergehen.«

»Unsinn ist's, und weiter nichts!«, rief der Junge heftig.

»Onkel Martin«, bat er dann mit erhobenen Händen, »sei du wenigstens vernünftig! Ich bin ja nur ein Kind, sogar ein dummer Junge, wie du mich so oft genannt hast, aber dass wir hier an Bord bleiben sollen, das kann ich keine Klugheit nennen! Und vergiss doch nicht, Onkel Martin, wir wollen ja unseren armen Vater aufsuchen; können wir ihn aber finden, wenn wir hierbleiben? Rede dem Bruder zu, lieber Onkel

Martin, dann überlegt er sich die Sache gewiss! Steuermann Schlicht, sprechen auch Sie ein Wort!«

»Was du da sagst, Paul, das kann nicht richtiger sein«, brummte der Steuermann. »Ich für meinen Teil stimme dafür, dass wir ins Boot gehen.«

»Und auch ich stimme jetzt dafür!«, rief der alte Schiffer. »Du hast mir die Augen aufgeknöpft, Junge! Wahrhaftig, es wäre Unsinn, wenn wir uns hier wie Schafe abschlachten lassen wollten, bloß um bei der Bark zu bleiben, die uns doch nicht mehr gehört! Sohn Reinhold, hier stehen drei gegen einen! Das ist entscheidend, meine ich. Wenn Stephens, der Kapitano, sein Wort hält, dann können wir in dem Boot ganz gut Land anlaufen oder aber an Bord eines anderen Schiffes gelangen. Du kommst mit uns, wie? Besser allein, als in böser Gemein?«

»Meinetwegen«, sagte Reinhold mit matter Stimme. Es ging mit seiner Willensstärke zu Ende.

»Horch!«, rief plötzlich Kapitän Hammer. »Das war ein Schuss! Da wieder einer! Was mag vorgehen?«

Die Schüsse wiederholten sich, auch vernahmen die Lauschenden ein wüstes Stimmengewirr, dazu hin und wieder einen lauten Aufschrei und einen Sturz ins Wasser.

Reinhold hatte sich erhoben; er war totenblass geworden.

»Die Piraten treiben meine Leute über Bord«, sagte er heiser, »und erschießen die sich Sträubenden! Barmherziger Gott! Kommt, lasst uns ihnen zu Hilfe eilen!«

Er rannte die Kampanjetreppe hinauf, fand jedoch die Kappe zugeschoben und von außen befestigt. Sein Pochen und sein Geschrei blieben unbeachtet, und endlich sank er halb ohnmächtig auf der Treppe nieder. Schlicht und der alte Kapitän trugen ihn zum Sofa, wo er ganz teilnahmslos liegen blieb.

Nach und nach wurde es an Deck wieder still. Der Nachmittag verstrich, ohne dass der Kapitano sich sehen ließ. Die Gefangenen begannen quälenden Hunger zu empfinden.

In brütendem Schweigen saßen sie und horchten auf jeden Tritt, auf jeden Laut über ihren Köpfen. Sie wurden inne, dass das Schiff wieder durchs Wasser rauschte. Jetzt konnte die Entscheidung nicht mehr lange ausbleiben.

Endlich hören sie drei Glasen schlagen - es war halb sechs Uhr abends. Gleich darauf wurde die Kajütskappe aufgestoßen und Stephens kam die Treppe herab.

»Nun?«, wendete er sich an Reinhold, der sich wieder ein wenig erholt hatte. »Haben Sie Ihren Entschluss gefasst?«

»Was ist aus meinen Leuten geworden?«, lautete des Jünglings Gegenfrage.

Der Kapitano zuckte die Achseln.

»Ihren Entschluss will ich wissen, Kapitän Winter.«

»Wir sind mit Ihrem Vorschlag einverstanden, Mister Stephens«, antwortete Kapitän Hammer an Reinholds statt.

»Das ist vernünftig«, rief Stephen. »Es wird sich alles aufs Beste machen lassen. Meine Kerle haben sich über die im Achterraum der Bark gefundenen Branntweinfässer hergemacht und werden bald soweit sein, dass sie sich um nichts mehr kümmern. Das ist bei uns Gebrauch, auf jeden guten Fang folgt ein Gelage. Ich habe eines Ihrer Boote achteraus unter das Heck gebracht; dort schleppt es und wartet auf Sie.«

»Dank, Kapitano«, sagte Kapitän Hammer. »Was aber ist aus unserer *Hoffnung* geworden?«

»Die befindet sich mit ausreichender Bemannung einige Meilen in Lee von uns. Noch eine Frage: Sind Sie hungrig?«

»Wir sind schon halbtot vor Hunger!«, rief Paul klagend.

»Oho! Du auch da?«, lachte der Pirat. »Na, warte, du sollst zu essen haben, das Beste, was an Bord ist. Denn dir verdanke ich mein Kommando.«

Er öffnete die nach dem Hauptdeck führende Tür, und auf seinen Ruf erschien ein dienender Schwarzer, der eine reiche Auswahl von Speisen und Getränken herbeibrachte. Inzwischen hatte die Besatzung das Schiff beigedreht, um sich ungestört ihrem Freudenfest überlassen zu können.

»Ich darf meinem ersten Offizier nicht trauen«, sagte Stephens, der mit den anderen wacker zulangte. »Er hat keine Ahnung davon, dass ich euch zur Flucht verhelfen will. Vier von euren Danzigern gehen mit euch ins Boot. Keine Seele darf davon etwas merken, sonst wäre alles verloren.«

»Warum kommen Sie nicht mit uns, Kapitano?«, fragte Schlicht. »Den Anführer einer solchen gottvergessenen Bande zu spielen, kann doch wahrlich kein Vergnügen sein.«

»So? Meinen Sie?«, lachte Stephens. »Mir macht das aber Vergnügen! Kann solch ein Leben auch nicht lange dauern, so ist es doch umso lustiger. Einschenken! Austrinken! Auf das Wohl des alten Kapitän Winter! Tut mir leid um den Mann! Hoffen wir, dass er noch lebt!«

Stephens, dem der hastig genossene Wein die Zunge löste, begann die Geschichte der Meuterer zu erzählen, die anderen hörten ihm aufmerksam, wenn auch mit unterdrücktem Abscheu, zu.

Er schilderte, wie der *Hochmeister* von den Piraten genommen worden, und wie seine Mannschaft hernach mit denselben gemeinschaftliche Sache gemacht; wie die Passagiere mit dem Geld und den Kostbarkeiten entwichen waren, und wie er dem Kapitän Winter zur Flucht verholfen und denselben vor schmählicher Misshandlung und vor dem Tod bewahrt hatte. Auch erwähnte er, dass einige der englischen Seeleute sich in der allgemeinen Verwirrung in einem Boot davongemacht hätten, um den Passagieren und den Schätzen nachzujagen.

Das Erscheinen eines seiner Offiziere unterbrach ihn.

Der Portugiese war der Obersteuermann des Schiffes, vormals zweiter Steuermann, jetzt aber in Stephens ehemalige Stellung gerückt.

»Was willst du, Manuel?«, fragte der Kapitano ungeduldig.

»Unsere Leute fragen nach dir«, antwortete der Portugiese, seine brennenden, unheimlichen Augen über die Gefangenen rollen lassend. »Sie sind verwundert über dein Ausbleiben.«

»Ich werde kommen, wenn es mir gefällt, nicht eher!«, rief der Kapitano. »Geh an Deck und sage das den Leuten.«

»Gut, ich gehe«, versetzte der Portugiese finster.

Noch einmal rollten seine tiefliegenden Augen über die Anwesenden, dann stieg er langsam die Treppe hinauf.

»Meuterischer Halunke!«, zischte Stephen zwischen den Zähnen. »Ich weiß, was er im Sinn führt. Nun aber merken Sie auf, Kapitän Winter, und auch ihr anderen. Es ist ganz finster draußen. Wenn ich an Deck gegangen sein werde, dann müssen Sie verstohlen ins Boot schleichen. Es schleppt unter dem Heck, ist also, wenn Sie an der Fangleine hinabgleiten, bequem zur Hand.«

Die Gefangenen erkannten, dass er trotz des schweren Trinkens doch alle seine Sinne beisammen hatte.

»Dieser Manuel hat eine Verschwörung gegen mich angezettelt«, fuhr er fort, »das ist mir ganz klar. Er möchte selber Kapitano sein. Doch das geht euch nichts an. Sollten eure Matrosen nicht im Boot sein, dann wartet nicht auf sie, denn dann ist es ihnen nicht gelungen, sich auf die Seite zu drücken. Schneidet die Fangleine ab und macht, dass ihr fortkommt. Verstanden? Und dann glückliche Fahrt!«

Er stampfte die Treppe hinauf.

Die Zurückgebliebenen warteten noch eine kleine Weile, dann stieg Kapitän Hammer vorsichtig durch die Kampanjeluke an Deck. Er lauschte, schaute sich um und steckte dann den Kopf wieder in die Luke.

»Keine Seele auf dem Achterdeck!«, rief er mit gedämpfter Stimme hinunter. »Auch am Ruder kein Mensch. Kommt!«

Geräuschlos schlüpften die anderen herauf. Das Boot lag unter dem Heck.

»Sind unsere Leute darin?«, fragte Reinhold leise.

»Das Boot ist leer«, sagte Schlicht.

Einer nach dem anderen glitt an der Fangleine hinab. Martin Hammer war der Letzte.

In diesem Augenblick erscholl ein gellender Schrei von der Back des Schiffes; es entstand ein dumpfer Tumult mittschiffs, lautes Rufen und Stimmengewirr. »Schneiden Sie die Fangleine ab, Schlicht!«, rief Martin Hammer leise. »Riemen aus, Paul und Reinhold! Deine Wunde wird dich schmerzen, armer Junge, aber es hilft nichts. Sind wir erst ein Stück weg vom Schiff, dann kannst du ausruhen. Anrojen!«

Die Fangleine war durchgeschnitten. Man ruderte erst vorsichtig, dann schneller in die Finsternis hinaus.

Inzwischen hatte sich der Lärm an Bord des *Hochmeister* zu einem furchtbaren Aufruhr gesteigert. Die Flüchtlinge blieben nicht lange im Zweifel über die Ursache desselben. Ihr Entweichen war entdeckt worden.

Laternensignale stiegen an der Gaffel empor, eine Aufforderung an die etwa in der Nähe segelnde *Hoffnung*, nach den Ausreißern auszuspähen. »Ob sie die Boote zu Wasser bringen?«, fragte Kapitän Hammer.

»Noch habe ich kein derartiges Geräusch gehört«, bemerkte Schlicht.

»Festrojen!«, kommandierte der Alte.

Alle Riemen blieben regungslos über dem Wasser schweben.

»Lasst uns horchen!«

Der Aufruhr an Bord war verstummt. »Die Halunken werden zu ihren Schnapsflaschen zurückgekehrt sein«, sagte Schlicht.

»Das Beste was sie tun konnten«, meinte Reinhold.

»Gesegnet sei der Branntwein!«, deklamierte Paul mit großem Ernst.

Obgleich ihre Lage eine verzweifelte war, so konnten die Unglücksgenossen bei dieser drolligen Bemerkung des Jungen dennoch ein heiteres Auflachen nicht unterdrücken.

»Anrojen überall!«, befahl Kapitän Hammer leise.

Die Riemen tauchten in die Flut, und bald lag eine weite Strecke zwischen dem Boot und dem längst in der nächtlichen Finsternis unsichtbar gewordenen Piratenschiff.

Elftes Kapitel.

*»Schrie da nicht jemand?« - Onkel Martin flucht.
Eine Bö und ein Dankgebet.*

Reinhold lehnte sich erschöpft in den Bug des Bootes zurück. Jetzt rojten nur noch Schlicht und Paul, Kapitän Hammer steuerte.

Mit der Entdeckung der Flucht der Gefangenen musste auch Stephens Befehlshaberschaft ihr Ende erreicht haben.

»Jetzt wird der biedere Manuel zur Würde eines Kapitanos emporgestiegen sein«, meinte der alte Schiffer. »Hoffentlich haben sie Stephens nicht gleich den Hals abgeschnitten. Er war noch lange nicht der Schlechteste. Der Himmel steh uns bei, wenn wir dem Don Manuel in die Klauen geraten!«

»Krähen tun einander nichts«, sagte Schlicht, »aber Piraten kehlen sich bei jeder Gelegenheit gegenseitig ab, und das ist auch ganz in Ordnung meine ich.«

»Still!«, rief Paul plötzlich. Schrie da nicht jemand?«
Alle spitzten die Ohren.

»Ich höre nichts«, sagte Reinhold. »Wer sollte hier auch schreien? Vom Schiff sind wir doch schon zu weit entfernt.«

»Ich habe aber ganz deutlich einen Schrei gehört«, entgegnete Paul eifrig. »Es mag ein Seevogel gewesen sein ... da! Da schreit es wieder! Hört ihr's nicht?«
Sie hörten's alle. Aus dem nächtlichen Dunkel drang ein Schrei an ihre Ohren, so laut und unheimlich, dass Reinhold, Paul und Schlicht unwillkürlich fröstelnd erschauerten.

»Was sagt ihr nun?«, fragte der Junge mit unterdrückter Stimme. »Ist das ein Mensch?«
Diese Frage war schwer zu beantworten. Es war so finster, dass man kaum drei Faden weit über den Bootsrand

hinaussehen konnte. Dazu rauschten die langsam daher rollenden Wogen und gurgelte das Wasser an den Planken des Bootes, so dass bei diesen mannigfaltigen Geräuschen das Ohr nur schwer einen bestimmten Laut zu unterscheiden vermochte.

Ein Schrei war's gewesen, ein Schrei aus einer menschlichen Kehle, darüber war man bald einverstanden. »Ein Vogel ruft anders«, meinte Kapitän Hammer. »Wie, wenn's einer von den armen Leuten wäre, die sie über Bord gejagt haben?«

»Kann ein Mensch sich so lange über Wasser halten?«, wendete Reinhold ein.

»Warum nicht? Ich selber habe nach meinem Schiffbruch mit dem *Triumphator* länger als acht Stunden schwimmen müssen«, versetzte der Alte, »aber lasst uns lauschen.«

Einige Minuten lang saßen alle ganz stille und horchten in die Nacht hinaus. Der Schrei wiederholte sich nicht.

»Wenn es der Ruf eines Schwimmers war, dann wird es sein letzter gewesen sein«, sagte der Steuermann. »Wir hätten ihm antworten sollen.«

»Um uns den Mordgesellen auf der Hoffnung zu verraten, die vielleicht ganz in unserer Nähe ist«, entgegnete Kapitän Hammer. »Nein, Steuermann! Lasst uns weiterrojen.«

Schweigend griffen Paul und Schlicht wieder zu den Riemen, und das Boot setzte seinen Weg fort. Der Himmel war bedeckt, es zeigte sich kein Stern; der alte Schiffer steuerte das Fahrzeug aufs Geratewohl, da er keinen Anhaltspunkt hatte, die Richtung danach zu bestimmen.

Man war nicht allzu weit von Madagaskar entfernt und hoffte, diese Insel auch zu erreichen, sobald die Gestirne oder die Sonne es ermöglichten, den richtigen Kurs einzuschlagen.

Plötzlich erhielt das Boot einen leichten Stoß, dann erfolgte ein gurgelnder Aufschrei unmittelbar unter dem Bug.

Diesmal kroch es auch dem alten Martin Hammer eiskalt den Rücken hinab, und den anderen stockte der Atem, als sie alle zugleich über das Dollbord ins Wasser schauten.

»Ein Mensch!«, rief der Steuermann und griff nach dem dunklen, vorübertreibenden Körper. »Helfen Sie mir, Kapitän!«

Ohne zu säumen packte nun auch der alte Schiffer zu, und so zogen sie den beinahe schon leblosen Schwimmer ins Boot, wo derselbe zu den Füßen seiner Retter zusammensank.

»Wer das wohl sein mag, Onkel Martin?«, sagte Paul neugierig.

»Wahrscheinlich einer von unseren Leuten«, versetzte dieser. »Wenn er uns nur nicht noch im Boot stirbt, nachdem wir ihn glücklich vor dem Ertrinken retteten.«

»Dann teilte er nur unser aller Los«, sagte Reinhold dumpf. Er hatte ich über den anscheinend Leblosen gebeugt und ihm ins Gesicht zu spähen versucht. Jetzt sank er auf die nächste Ducht nieder und schlug die Hände vor das Gesicht.

»Was ist dir, Sohn?«, forschte Kapitän Hammer, erschrocken dem Jüngling die Hand auf die Schulter legend.

Reinhold hob langsam den Kopf.

»Kapitän Hammer«, sagte er mit hohler Stimme, »ich bin ein Mörder!«

»Wa - was?«, schrie der alte Seefahrer in komischem Entsetzen. Er glaubte, nicht richtig gehört zu haben.

»Was bist du?«, fragte er, Reinhold vorsichtig schüttelnd.

»Ein Mörder«, war die tonlose Antwort.

»Kreuzschockschwerenothimmeltausenddonnerwetter!«

Das war der erste Fluch, den Kapitän Winters Söhne aus Onkel Martins Mund vernahmen. Dafür war's nun auch ein extra vollwichtiger.

Steuermann Schlicht und Paul saßen ganz starr und stumm, keinen ihrer betroffenen Blicke von Reinhold wendend, der sein Gesicht wieder mit den Händen bedeckt hatte.

Es dauerte eine Weile, ehe der alte Schiffer Worte fand. »Also ein Mörder bist du, Reinhold Winter - bitte um Verzeihung - Keppen Winter«, fing er endlich wieder an, während das sich selbst überlassene Boot ganz ungebärdig schwankte. »Na, dann ist der Junge da, der Paul, auch einer, hat er nicht den Kapitano der Piraten erschossen? Und ich, und Schlicht, wir alle sind Mörder, denn wir haben uns unserer Haut gewehrt.«

»O, Onkel Martin, du willst mich nicht verstehen«, entgegnete Reinhold mit erstickter Stimme. »Ich bin ein Mörder und nicht wert, dass ich lebe. Fast alle meine braven Danziger Matrosen sind durch meine Schuld umgekommen.«

»Was hast du damit zu tun?«, rief Onkel Martin. »Das Geschick hat es so gefügt, nicht du. Aber ich will dir was sagen, du bist krank, mein Junge; das Wundfieber und die Anstrengung sind dir zu Kopf gestiegen.«

»Mag sein, Onkel Martin«, versetzte Reinhold leise. »Die Schuld ist dennoch mein. Ich führte sie sie hinaus auf diese Fahrt; jetzt sind sie tot. Ich bin dafür verantwortlich.«

»Wenn das nicht pure Verrücktheit ist, dann will ich kein Hartbrot mehr essen!«, murmelte Hammer, zu dem Steuermann gewendet. »Meinetwegen nenne dich einen Mörder, dann musst du aber auch jeden General, Admiral, überhaupt jeden Anführer zu Wasser und zu Land so schimpfen. Die Leute sind freiwillig mit dir gefahren. Der Halunke, der Stephens ...«

»Was soll's mit dem?«, kam eine raue Stimme vom Boden des Bootes herauf. »Der Stephens ist hier.«

Wenn der Vollmond, der soeben über der Kimmung heraufgestiegen war und blutrot am Horizont stand, plötzlich ins Meer gefallen wäre, so hätten die Unglücksgefährten darüber nicht erstaunter und erschrockener sein können.

»Unser Geretteter also ist der Stephens«, sagte Martin Hammer endlich, nachdem er sich den zu seinen Füßen Kauernden genau betrachtet hatte. »Mensch, wo kommen Sie her?«

Der triefende Geselle rappelte ich auf und setzte sich auf eine Ducht. »Aus dem Wasser da, so viel ich weiß«, antwortete er grollend. »Ich bin Ihnen nicht willkommen, kann ich mir denken. Im Grund aber hat alles seine Richtigkeit. Ich half Ihnen mit dem Leben davon, und Sie retteten mich wieder vom Tod. Das Retten geht um unter uns, wie's scheint.«

»Aber wie kamen Sie ins Wasser?«, fragte schlicht. »Und hierher, so weit vom Schiff?«

»Sehr weit kann das Schiff nicht entfernt ein«, antwortete Stephens, in die Runde spähend. »Ich will Ihnen erzählen, was mir passiert ist. Als ich aus der Kajüte an Deck kam und nach vorn ging, da fand ich die Hälfte der Halsabschneider bereits betrunken vor. Manuel saß mitten unter ihnen. Es war, wie ich vorausgesehen. Er hatte die unablässig zum Trinken angeregt und sie dabei aufgefordert, mich zu beseitigen und ihn zum Kapitano zu wählen. Als die Kerle mich gewahrten, brachen sie mit großem Geschrei in helle Empörung aus. Zwei schoss ich nieder, den Manuel fehlte ich leider; dann packte man mich und warf mich über die Reling ins Wasser, um mich euch nachzuschicken, wie Manuel lachend rief. Dabei ließ er sich nicht träumen, dass sein Hohn zur Wahrheit werden sollte.« Er schwieg und blickte seine Retter an. Die starrten in Weite und sagten kein Wort. »Es ist Ihnen nicht recht, dass Sie mich auffischen mussten«, bemerkte Stephens nach einer Pause.

Keiner antwortete. Recht war's ihnen nicht, nein. Mit dem Menschen das Boot teilen zu müssen, der, als Rädelsführer der Meuterer, an allem Unglück, von der Empörung auf dem *Hochmeister* bis zum Verlust der *Hoffnung* und ihrer Mannschaft, schuld war, das war keinem der vier angenehm. Dass von all denen, die über Bord geworfen worden waren, auch gerade Stephens allein gerettet werden musste! Seltsam!

Dieser letzte Gedanke ging dem alten Schiffer besonders im Kopf herum. »Merkwürdig!«, sagte er endlich zu Reinhold, der sich wieder beruhigt hatte. »Merkwürdig! Man sollte fast meinen, dass die Vorsehung einen ganz bestimmten Zweck verfolgte, als sie uns diesen Mann vor den Bug führte. Unsere braven Janmaaten mussten ertrinken, während dieser Schelm dem Tod entrann. Gottes Wege sind wahrlich wunderbar! Aber lasst uns den Mast aufrichten und das Segel setzen. Der Wind ist günstig.«

Stephens und Schlicht machten sich ans Werk; das Boot glitt bald wie eine Ente über das Wasser und die Ruderer konnten ausruhen.

»Paul«, sagte Onkel Martin, nachdem man etwa eine Stunde gesegelt war, während welcher Zeit Reinhold in einen unruhigen Schlummer gesunken war, »schaff etwas zu essen. Wollen sehen, womit Stephens uns bedacht hat. War er knauserig, so wird's ihm jetzt leidtun. Seltsam, Stephens - was? - dass Sie nun unsere erste Bootsmahlzeit mit uns teilen.«

»Ja, Keppen Hammer«, antwortete der Mann, der übrigens ziemlich geläufig Deutsch radebrechen konnte, »doch es passieren auf See noch seltsamere Dinge. Sie werden mit meiner Fürsorge zufrieden sein. Aber wir müssen guten Ausguck halten; der Mond scheint hell; wenn sie uns vom Schiff aus nachsetzen, könnte es uns schlimm ergehen.«

Reinhold wurde geweckt, und alle Mann machten sich über die Vorräte her.

»Was ist Ihr Plan, Keppen Hammer«, fragte Stephens, nachdem man eine Weile schweigend dem Salzfleisch, dem Hartbrot und dem Wasser zugesprochen hatte. »Wohin denken Sie zu steuern?«

»Nach Madagaskar«, war die Antwort.

»Hm«, machte der ehemalige Piratenhäuptling. »Wenn wir nun aber einem englischen Kreuzer begegnen sollten, was wird dann aus mir? Solche Kerle sind verdammt neugierig, und wenn sie mein Sündenregister erfahren, dann ...«

»Keine Furcht, Stephens«, unterbrach ihn der Alte. »Wir werden Sie nicht verraten, vorausgesetzt, dass Sie treu und ehrlich zu uns halten wollen.«

»Das will ich, Keppen!«, beteuerte der Mann, und man merkte ihm an, dass er es aufrichtig meinte.

»Gut. Sie kennen diese Gewässer, vielleicht können Sie uns Lotsendienste leisten.«

»Wollen Sie einen Hafen auf Madagaskar anlaufen, oder vielleicht eine der Inseln? Aber wenn ich fragen darf, wer ist der eigentliche Kapitän hier an Bord?«

Er schaute dabei zuerst den alten Hammer und dann Reinhold an. »Onkel Martin, wollte sagen, Kapitän Hammer hat das Kommando«, antwortete der Letztere.

»Mitnichten, Sohn«, protestierte dieser. »Du bist der Schiffer und bleibst es. Ich bin nur dein Stellvertreter, solange du mich als solchen verwenden willst. Jetzt schlage ich vor, dass wir die Wachen verteilen. Ich übernehme die Erste bis vier Uhr. Die anderen legen sich schlafen. Hernach kommt Schlicht an die Reihe, dann Reinhold und zuletzt Paul.«

»Wenn's Ihnen recht ist, Keppen Hammer, dann teile ich die Wache mit Ihnen«, bat Stephens. »Auch möchte ich Sie auf jene Wolken dort drüben aufmerksam machen. Die bringen hier oft viel Wind mit sich; ich habe das erlebt.«

Der alte Seemann war aufgestanden, und der Rest der Bootsinsassen streckte sich, so gut das anging, zum Schlaf aus.

Die Wolken am südlichen Horizont stiegen allmählich herauf; der Wind nahm zu und trieb das kleine Fahrzeug endlich mit brausender Schnelligkeit durch die Wogen.

Onkel Martin führte das Steuer mit fester Hand. Von einem Kurs konnte bald nicht mehr die Rede sein; die Brise wurde so stark, dass er alle Aufmerksamkeit und Kraft darauf verwenden musste, das Boot platt vor dem Wind zu halten.

Eine Weile ließ sich dies auch ganz gut bewerkstelligen. Das Fahrzeug erklomm die Wogenberge und nahm die dahinter gähnenden Abgründe in schwindelndem Flug. Die Schläfer rollten anfangs wie lockere Ballaststeine hin und her, dann aber wachten sie auf und blickten sich um, gerade als Stephens rief: »Wir müssen das Segel bergen! Los das Fall!«

Schlicht sprang herzu, im Nu hatten sie Segel und Mast beseitigt. Und das war ein Glück, denn wenige Minuten später brauste ein Sturmwind daher, dem das Boot unfehlbar zum Opfer gefallen wäre, hätte er das Segel noch erfasst. Es war eine der wilden Böen, wegen welcher der Kanal von Mosambik berüchtigt ist. Die Wogen erhoben sich zu gewaltiger Höhe und wurden für das kleine Boot dadurch noch gefährlicher, dass sie nicht in einer Richtung liefen, sondern bald von der Steuerbordseite, bald von Backbord, bald von vorn und bald von achtern heranrollten. Kapitän Hammer musste seine ganze Erfahrung und Geschicklichkeit aufwenden, um das Fahrzeug so zu steuern, dass es nicht von den Wassermassen begraben wurde. Mit Mühe nur gelang es unseren Abenteurern, ihr kleines Fahrzeug über Wasser zu halten, bis die Wut des Orkans sich gebrochen hatte, was bereits nach einer halben Stunde geschehen war. Denn diese Böen pflegen so schnell zu enden, wie sie kommen.

Im Osten graute fahl der neue Tag, als man das letzte Wasser aus dem Boot geschöpft hatte.

»Wenn die Bö den *Hochmeister* in dem Zustand überrascht hat, in dem er sich bei meinem Abgang befand, dann wird er wohl zu Grund gegangen sein«, bemerkte Stephens, seine Kappe auswringend und wieder aufsetzend.

»Es ist eine offenbare Gnade von Gott, dass wir wieder einmal mit dem Leben davongekommen sind«, sagte Reinhold. »Schiffsmaaten, lasst uns dem allgütigen Vater im Himmel für unsere Rettung danken.«

Und in dem einsamen Boot auf der schwarzen, wogenden Tiefe, entblößten die Männer und die Jungen ihre Häupter, falteten ihre Hände und brachten mit emporgehobenen Blicken und windverwehten Haaren dem Herrn über Leben und Tod den Dank für ihre Errettung dar.

Dann wurde der Mast wieder aufgerichtet, das Segel aufs neue gesetzt, und von der noch immer starken Brise getrieben, schlüpfte das kleine Fahrzeug über die Wogenberge dem hellen Streifen über dem östlichen Horizont zu.

Stephens saß auf der vordersten Ducht und starrte regungslos über den Bug hinaus in die Ferne.

Plötzlich stand er auf und sah sich nach dem alten Schiffer um, der wieder am Ruder saß. »Zwei Strich Backbord voraus ist ein niedriges Eiland in Sicht«, meldete er.

Zwölftes Kapitel.

Das Eiland. - Stephens Schwur. - Der Mann in der Höhle.

Kapitän Hammer beschattete die Augen mit der linken Hand und lugte in der angegebenen Richtung über den Backbordbug.

»Das ist Land«, sagte er dann. »Ob's aber eine Insel oder ein Ausläufer der Küste von Madagaskar ist, das kann man noch nicht wissen. Jedenfalls wollen wir darauf zuhalten.«

Die übrigen Insassen des Bootes, die bereits wieder in Halbschlummer gesunken waren, wurden durch diese Worte ermuntert. Sie suchten mit neugierigen Blicken das fremde Land und tauchten ihre Mutmaßungen darüber aus. Stunden mussten noch vergehen, ehe man es erreichte.

Die Sonne stieg über die Kimmung, die Brise Flaute ab, und ein heißer tropischer Tag zog herauf. Die See hatte sich beruhigt, nur die sanft schwellende Dünung bewegte die glatte Oberfläche und brach sich schäumend an der Klippenreihe, die das Gestade der mittlerweile ganz nahe gerückten Insel umsäumte.

Stephens rüttelte den schnarchenden Kapitän Hammer sanft an der Schulter. »Was gibt's?«, rief der Alte erschrocken.

Der ehemalige Meuterer wies nach dem Land hinüber.

»Es ist ein Eiland«, sagte er.

»Ja«, gähnte der Alte, »und unbewohnt, wie mir scheint. Was meinst du, Reinhold, sollen wir landen und sehen, was wir dort entdecken?«

»Ich füge mich deiner Entschließung, Onkel Martin«, versetzte der junge Mann.

»Nun denn, so lasst uns an Land gehen«, sagte Kapitän Hammer. »Sind Sie einverstanden, Steuermann?«

»Gewiss«, antwortete dieser. »Wir müssen uns die Beine vertreten. Das Hocken im Boot macht ganz lahm und steif.«

»So geht es mir auch«, rief Paul. »Ich möchte wieder einmal tüchtig umherrennen. Vielleicht finden wir auch Höhlen mit Schätzen; auf solchen wüsten Inseln pflegen die Piraten ihren Raub zu verstauen, Gold, Diamanten, Rubine, Smaragde und wie all das Zeug heißt; du brauchst mich gar nicht so anzusehen, Reinhold!«

»Ich sehe dich an, weil du Unsinn schwatzest, Paul«, entgegnete der junge Schiffer düster. »Wer weiß, ob auf dieser öden Klippe nicht der Tod auf uns lauert. Den haben wir eher zu erwarten als Gold und Schätze.«

»Du hast wieder deine schwarze Brille auf, Bruderherz«, sagte der Junge. »Das kommt daher, weil du immer noch nicht ganz gesund bist. Ich aber bin so froh, wieder einmal festes Land unter die Füße zu bekommen; es ist so lange her, seit ich mich ordentlich ausrennen konnte.«

»Bravo, Paul!«, sagte Kapitän Hammer beifällig. »Ein fröhliches Herz überwindet alle Schwierigkeiten und Gefahren viel leichter, als ein schwermütiges. Ich hoffe von Herzen, dass unser Reinhold auch bald wieder der frei und fest in die Zukunft blickende Bursche sein wird, der er früher gewesen ist.«

Schlicht, Paul und Stephens griffen zu den Riemen - den Mast hatte man niedergelegt - und von der Strömung unterstützt glitt das Boot an den Klippen vorüber, das Gestade entlang und in die Bucht hinein, deren enger Eingang die unverkennbaren Spuren künstlicher Erweiterung aufwies. Gleich darauf knirschte der Kiel auf dem Muschelkies des Strandes. Paul sprang leichtfüßig an Land, ihm folgten die anderen, und alle Mann zogen das kleine Fahrzeug hoch hinauf ins Trockene.

»Sollen wir uns nun sogleich auf die Entdeckungsreise machen, oder erst ein wenig frühstücken?«, fragte Onkel Martin, den vor ihm stehenden Paul anblickend.

»Frühstücken, Onkel«, antwortete der Junge. »Natürlich frühstücken. Erst das Geschäft, und dann das Vergnügen.«

»Schön«, nickte der Alte. »Setzen wir uns hierher; hier können wir wenigstens die Beine ausstrecken. Wir müssen bei dem Boot bleiben, da wir keine Waffen haben; sollten uns Eingeborene oder Piraten bedrohen, dann können wir uns nur dadurch retten, dass wir wieder in See gehen. Ich glaube aber, dass das Eiland, außer uns kein menschliches Wesen birgt.«

Steuermann Schlicht hatte die Essvorräte aus dem Boot herbeigeholt.

»Stephens hat uns nicht schlecht versorgt«, sagte er, das Brot, das Fleisch und was sonst noch da war, mit wohlgefälligen Blicken überfliegend.

»Das hat er«, stimmte Martin Hammer ihm zu.

Reinhold wendete sich finster ab. Er vermochte die bitteren Empfindungen, die sein Herz gegen den ehemaligen Rädelsführer erfüllten, trotzdem und alledem nicht zu überwinden.

Der alte Schiffer sah erst Reinhold und dann Stephens an. Der Engländer nickte ihm mit reuevoller Miene zu.

»Er hat Recht«, murmelte er, mit dem Kopf nach dem jungen Mann deutend, der verloren über das Meer hinausschaute. »All sein Herzeleid kam ihm durch mich. Ich kann's nicht wieder gut machen, und gäbe ich auch mein Leben hin. Aber ich bereue meine Untaten, ehrlich und aufrichtig.«

Kapitän Hammer hatte sich an den abseits gegangenen Reinhold gemacht und demselben freundlich zugeredet.

Dann winkte er Stephens zu sich und eröffnete ihm, dass er es um der Gemütsstimmung des jungen Schiffers willen für geboten halte, dass er sein Mahl allein einnähme.

Stephens ging mit einem scheuen Blick um die Felsenecke, hinter der das Boot lag. Er erkletterte dasselbe, setzte ich auf eine Ducht, zog eine kurze Holzpfeife hervor, füllte sie von dem Tabak, den er dem Proviant beigefügt hatte, und begann vor sich hin zu qualmen. Er fühlte sich, trotz seiner Reumütigkeit offenbar zurückgesetzt.

Die vier aber setzten sich und ließen sich die Vorräte schmecken. Sie konnten von ihrem Platz aus den Engländer nicht sehen, da sich das Boot hinter einem Felsvorsprung befand.

Gleich nach dem Mahl stand der Steuermann auf und verfügte sich nach dem Strand. Es währte jedoch nicht lang, da kam er eiligen Schrittes und mit verstörtem Gesicht wieder zurück. »Der Halunke ist verschwunden und hat da Boot mitgenommen!«, rief er. »Jetzt ist es vorbei mit uns!«

»Meine Ahnung hat mich also nicht betrogen«, sagte Reinhold mit seltsamer Ruhe und Fassung. »Wir sind von Anfang an verloren gewesen. Die *Hoffnung* ist in Räuberhänden, ihre Mannschaft ist tot, und wir sitzen nun hier auf einer wüsten Insel, um gleichfalls zu Grunde zu gehen.«

»Daran denken wir noch lange nicht!«, rief Paul in hellem Eifer. »Stephens fühlt Kummer und Reue über seine schlimmen Taten, das hat er selber gesagt. Wenn er mit dem Boot davon ist, dann wird er auch wieder zurückkommen!«

»Wenn er aber nicht wiederkommt, was dann?«, warf Schlicht ein. »Wir sind hier gestrandet, haben weder genügend Proviant noch Waffen, und sollte sich die Insel als unbewohnt erweisen, dann müssen wir verhungern, das ist ganz klar.«

»Schlimm sieht die Sache allerdings aus«, nahm jetzt auch der alte Hammer das Wort. »Aber, offen gestanden, ich kann an eine solche Schlechtigkeit des Engländers nicht recht glauben. Wer weiß, was er vorhat.«

Sie gingen langsam zum Strand hinab. Als Onkel Martin sich hier umschaute, gewahrte er, dass Reinhold nicht mitgekommen war. Der junge Mann hatte sich entfernt und war dem Inneren der Insel zugeschritten.

Onkel Martin schüttelte den Kopf.

»Ich weiß manchmal nicht, was ich von dem Jungen denken soll«, sagte er. »Er ist doch auch gar zu sehr verändert.«

»Ich will dir etwas sagen, Onkel«, nahm Paul das Wort. »Ihr hattet einmal davon gesprochen, dass unser Vater vielleicht Zuflucht auf einer der Inseln hier in der Gegend gefunden haben könnte. Gleich in der folgenden Nacht erzählte mir Reinhold, dass ihm vom Vater geträumt habe, wie der auf einem öden Eiland sein Leben friste und täglich erwarte, dass seine Söhne ihn erlösen würden. Stephens aber wäre es, der ihn dorthin gebracht hatte. Jetzt muss er immer an diesen Traum denken, und darum traut er Stephens alle Schlechtigkeiten zu.«

»Kindereien und Aberglaube«, sagte der alte Schiffer verdrießlich. Dann wendete er sich um und schlenderte, von Paul und Schlicht gefolgt, den Strand entlang.

Sie suchten das Meer ab, schauten in jeden Felswinkel, in jede Höhle und hinter jedes Gesträuch, das hier und da aus dem Gestein emporwuchs. Endlich entdeckten sie in der Ferne auf der blauen Flut ein Segel und erkannten bald in dem kleinen Fahrzeug das vermisste Boot. Stephens saß darin.

»Gott sei Dank!«, rief der Kapitän. »Mir ist ein Stein vom Herz gefallen! Boot ahoi! Hierher!«

Stephens steuerte heran. »Kann ich dort landen?«, rief er.

»Ja«, rief Hammer zurück. »Lauter Sand; lassen Sie das Boot getrost auf den Strand rennen!«

Der Engländer folgte der Weisung und stand bald bei den Gefährten auf dem Eiland. »Sie glaubten, ich sei desertiert«, sagte er. »Das kann ich mir denken ...«

»Genug davon, Mann«, unterbrach ihn der Kapitän. »Warum segelten Sie fort und ließen uns in Ungewissheit?«

»Warum schickten Sie mich aus Ihrer Gemeinschaft fort?«, entgegnete Stephens. »Ich habe euch ein Boot und Proviant verschafft, wurde zur Strafe dafür über Bord geworfen, und nun behandelt ihr mich wie einen, der aussätzig ist. Ich dachte aber, ich hätte schon gerade genug auf dem Gewissen, und darum kam ich wieder. Ich habe die Insel umschifft, sie ist unwirtlich und zum Aufenthalt für Menschen nicht geeignet. Wir müssen machen, dass wir fortkommen.«

»Dachte ich mir gleich«, murmelte Schlicht.

»Sie haben Recht und auch wieder nicht, Stephens«, nahm Kapitän Hammer wieder das Wort. »Wenn einer den Galgen für seine Missetaten verdient hat, so sind Sie es. Aber Sie haben versucht, Ihr Unrecht gut zu machen, das muss und soll uns genügen.«

»Keppen Hammer«, sagte der Exkapitano, »und Sie, Steuermann Schlicht, und du, Paul Winter, ich schwöre bei allem, was mir heilig ist, dass ich nie mehr wissentlich unredlich handeln will! Heute begreife ich nicht, wie ich mich gegen den guten Kapitän Winter auflehnen konnte. Aber vorbei ist vorbei. Ich bin jederzeit bereit, mein Leben für seine beiden Söhne zu lassen; auch für Sie, Keppen Hammer. So helf mir Gott!«

Der reuige Sünder erhob zum Schwur die Hand gen Himmel. Die anderen glaubten ihm, und gaben ihm dies durch freundliche Worte zu erkennen. Dann begaben sich alle ins Boot und rojten der Bucht zu, wo man zuerst gelandet war.

Hier sahen sie Reinhold hastig auf dem Strand auf und ab schreiten. Als er ihrer ansichtig wurde, winkte er aus Leibeskräften. Sie sprangen an Land. »Was gibt's Reinhold?«, forschte Martin Hammer nicht ohne Besorgnis.

»O schnell, schnell!«, rief der junge Mann ganz außer sich. »Schnell, sonst stirbt er! Nehmt Brot und etwas von dem Rum und kommt! Noch lebt er, aber vielleicht nicht mehr lange! Kommt mit!«

Kapitän Hammer und Schlicht hatten in Eile Nahrungsmittel zu sich gesteckt und rannten nun hinter Reinhold und Paul her, die wie auf Flügeln dem Inneren der Insel zustrebten.

Vorwärts ging es über Berg und Tal, durch Gestrüpp und Klüfte; ein Bächlein wurde übersprungen, und dann verschwand Reinhold in einer Felshöhle. Über den Eingang derselben wucherten Schlingpflanzen, hingen über die Öffnung herab und verschlossen dieselbe wie einen Vorhang.

Die Höhle war dunkel, im Gegensatz zu dem sonnigen Tageslicht draußen. Kapitän Hammer schob das Pflanzengeflecht zur Seite und trat vorsichtig ein. Da sah er Reinhold neben einem auf dem Boden ausgestreckten Mann knien, sorglich bemüht, demselben aus der mitgenommenen Flasche etwas Rum einzuflößen. Paul war am Eingang stehen geblieben.

Der alte Schiffer trat herzu.

Reinholds Pflegling war ein Greis, dem Anschein nach ein Sterbender. Sein Haar und Bart war weiß, lang und zottig verwildert, sein Antlitz dunkel gebräunt und verschrumpft; die Auen lagen tief unter den buschigen, weißen Brauen.

Inzwischen waren auch Schlicht und Stephens eingetreten.

»Er meint, seinen Vater gefunden zu haben«, flüsterte der Kapitän den beiden zu.

Dreizehntes Kapitel.

»Er ist ja unser Vater!« - Stephens in der Höhle. - Der Schatz.

Der alte Höhlenmann war ein Seefahrer, das sah man noch an Fetzen seiner Kleidung. Er hielt die tief in ihren Höhlen liegenden Augen geschlossen. Sein Atem ging nur noch matt.

»Er hat sich schon ein wenig erholt«, flüsterte Reinhold, über den armen Verschmachteten gebeugt. »Als ich ihn fand, hielt ich ihn für tot. Er ist ja unser Vater! Paul, erkennst du ihn denn nicht? Unsere Reise war nicht umsonst; wir haben ihn ja wieder, er kann und darf uns nun nicht sterben! Vater, lieber Vater! Ich bin's ja, dein Sohn Reinhold!«

»Solltest du nicht irren, Reinhold?«, sagte Kapitän Hammer bedächtig. Er hatte den Greis lange und forschend betrachtet. »Keppen Gotthelf Winter ist mein bester Freund gewesen, ich entsinne mich seiner ganz genau; der da aber hat keine Ähnlichkeit mit ihm. Freilich, das Meer kann einen Menschen mitnehmen, wie nichts anderes auf der Welt, und Hunger und Krankheit werden dem Ärmsten auch wohl zugesetzt haben - hm, aber so alt war Gotthelf Winter noch nicht - Du Paul, rede auch einmal. Was sagt dir die Stimme der Natur?«

Paul hatte noch kein Auge von dem ohnmächtigen Greis gewendet. »Wie mein Vater sieht er nicht aus«, antwortete er in großer Erregung, »und doch - die Nase und der Mund ... trägt er denn seinen Ring nicht am Finger?«

»Stephens«, wendete der Kapitän sich jetzt an den Engländer. »Was meinen Sie - ist das Ihr alter Schiffer vom *Hochmeister*? Sie müssen sich seiner doch noch erinnern.«

»Kapitän Winter, wie ich ihn zuletzt gesehen, war wohlbeleibt, von frischer, roter Gesichtsfarbe, beinahe schwarz von Haar und bartlos«, versetzte der Gefragte. »Der unglückliche Mann hier ist knochendürr, braun von Gesicht, schneeweiß von Haar und Bart. Und wie sollte Kapitän Winter hierhergekommen sein? Piraten hätten ihn nicht erst umständlich ausgesetzt, sondern einfach über Bord geworfen. Allerdings, ein treibendes Boot legt zuweilen unglaubliche Strecken zurück - fragen Sie mich jedoch aufs Gewissen, ob der da mein Kapitän ist, so antworte ich, ich weiß es nicht, will's aber nicht ganz in Abrede stellen.«

Reinhold hatte inzwischen dem Greis wiederholt von dem Rum eingeflößt und sich in der zärtlichsten Weise um ihn bemüht. Jetzt erhob er sich. »Er ist mein Vater, ich weiß, ich fühle es!«, sagte er mit Bestimmtheit. »Wohl hat Not sein teures Antlitz entstellt und ihm die Haare gebleicht, ich aber erkannte ihn auf den ersten Blick. Noch fasse ich es nicht, weder mein Glück noch mein Elend. Aber nun bringen wir ihn heim, nicht wahr, Onkel Martin? O Gott, was wird Luise sagen? Wir müssen unverzüglich ins Boot gehen und an Bord eines Schiffes zu gelangen suchen, wo ihm die nötige Pflege zuteil werden kann. Denn hier stirbt er uns, wenn Gott kein Wunder tut.«

»Gott hat schon ein Wunder getan, wenn wir nämlich in dem armen Mann da wirklich euren Vater gefunden haben«, versetzte Martin Hammer. »Und ich will daran nicht länger zweifeln. Die Stimme der Natur redete eben in dir vernehmlicher, als in deinem Bruder. Das Boot aber ist kaum der Ort für ihn. Dort tötet ihn der Sonnenbrand. Lass uns bis morgen warten. Er wird sic inzwischen erholen, ich kenne das.«

Reinhold erklärte sich nach kurzer Überlegung mit dem Rat des Freundes einverstanden. Er fasst die Hand seines Bruders und setzte sich an die Seite des wiedergefundenen Vaters.

Stephens aber schlenderte noch einmal zur Höhle zurück. Dieselbe hatte seine Neugier erregt. Er glaubte, dass dieses Versteck, außer dem alten Höhlenmann, schon anderen Leuten als Zufluchtsort gedient haben müsse.

Die Auffindung des Greises hatte ihn stutzig und nachdenklich gemacht. »Eine kuriose Sache«, sagte er zu sich selber. »Wenn dieser alte Mensch wirklich mein ehemaliger Kapitän ein sollte, dann will ich fortan auch das Unglaubliche für möglich halten. Ist er's aber nicht, wer ist es dann? Wie ist er hierhergekommen? Hm! Mich dünkt, hier haben meine Freunde, die mosambikischen Piraten, die Hand im Spiel. Ob sie ihn hier aussetzten? Hat sie sonst noch etwas hierher nach dieser öden Insel geführt? Wie, wenn sie hier landeten, um ihren Raub in Sicherheit zu bringen?«

Dieser Gedanke ließ ihn seine Schritte beschleunigen.

Vor dem dunklen Felsenloch angelangt, zog er sein Feuerzeug, Stahl, Stein und Zunder, hervor, um sich aus dürren Zweigen und trockenem Gras eine Art von Fackel herzustellen, das Innere der Höhle damit zu beleuchten. Allein der Zunder war noch nass; er brachte keine Funken zum Glühen. Er musste sich also auf das Tappen und Tasten begnügen.

Nach wenigen Schritten wurde die Höhle so niedrig, dass er nur noch auf allen Vieren vorwärtskriechen konnte. Er befand sich jetzt in dichter Finsternis.

Ein Hindernis versperrte ihm plötzlich den Weg - eine Steinmasse. Er versuchte, sie zu beseitigen. Hierbei gewahrte er, dass das Höhlendach ihm wieder aufrecht zu stehen erlaubte. Hinter dem Steinblock öffnete sich ein Spalt in der Wand. Die Höhle setzte sich dort also weiter fort. Der untere Teil des Spaltes war erweitert, nach beiden Seiten gleichmäßig und zwar, wie er zu fühlen wähnte, künstlich, von Menschenhänden.

Er geriet in hohe Aufregung. Wie, wenn man den Steinblock hierhergeschafft hätte, um den dahinterliegenden Höhlenteil zu verschließen? Wer hatte in solch einer Höhle auf solch einer öden Insel etwas zu verbergen? Doch nur Piraten, die ihren Raub nicht an Bord behalten wollten und daher einen abgelegenen Schlupfwinkel zu ihrer geheimen Schatzkammer erwählt hatten.

Wie aber war der Felsblock zu beseitigen? Durch eine Sprengung mit Pulver. Aber Pulver hatte er leider nicht.

Die Engländer sind die habsüchtigsten Leute von der Welt. Schmutzige Habsucht hatte diesen Seefahrer zum Meuterer, zum Seeräuber und Mörder gemacht. Auch jetzt stand sein Entschluss fest. Er musste die hier versteckten Kostbarkeiten erlangen. Aber was dann? Wie sollte er allein den Schatz fortschaffen? Das war ein Ding der Unmöglichkeit.

Er musste sein Geheimnis den Gefährten mitteilen. An dem Vorhandensein des Schatzes zweifelte er keinen Augenblick mehr. Er kannte die Gepflogenheiten der Piraten genügsam. Wäre die Höhle leer, dann läge der Stein nicht vor dem Loch, sondern neben demselben.

Lange saß er auf dem Felsblock und grübelte. Je mehr er die Sache erwog, desto fester wurzelte seine Überzeugung.

Als er endlich die anderen wieder aufsuchte, ging der Tag bereits zur Neige. Mit Schrecken nahm er wahr, dass man eifrig alle Vorbereitungen zu einem beschleunigten

Davonsegeln traf. Man beabsichtigte also, morgen in See zu gehen.

Reinhold und Paul waren noch immer um den Greis beschäftigt. Sie hatten denselben in eine halbsitzende Lage gebracht, ihm das Antlitz gewaschen und Haar und Bart geordnet.

Als Stephens ihn jetzt beim Schein des von dem Steuermann angezündeten Feuers genauer betrachtete, musste er sich gestehen, dass eine Ähnlichkeit mit dem ehemaligen Kapitän des *Hochmeister* unverkennbar war. Der arme alte Mann aber schaute noch immer ganz teilnahmslos drein; er musste fürchterliche Leiden erduldet haben, sonst wäre er nimmermehr auch geistig so erschöpft gewesen. Noch hatte er niemand erkannt, weder seine Söhne, noch seinen alten Freund Hammer.

Stephens setzte sich abseits vom Feuer nieder und nahm seine Grübeleien wieder auf. Unwillkürlich hafteten dabei seine Blicke an dem Antlitz des Wiedergefundenen. Ja, das war Kapitän Winter, der einst so mannhafte, unerschrockene, tüchtige Seeschiffer, aus dem durch seine Schuld dieses Jammerbild geworden war. Er schüttelte sich, um die Gedanken loszuwerden, die auf ihn einstürmten.

Nach dem Mahl teilte er dem Kapitän Hammer seine Entdeckung oder vielmehr seine Mutmaßung mit. Der hörte ihm aufmerksam zu, hielt auch die Möglichkeit eines Schatzfundes nicht für ausgeschlossen, meinte aber, dass es vor der Hand nicht tunlich sei, Nachforschungen anzustellen, da Reinhold beschlossen habe, bei Tagesanbruch in See zu gehen.

Das passte durchaus nicht in des Engländers Plan.

»Dann bleibe ich hier«, sagte er. »Geben Sie mir ein wenig Proviant, und versprechen Sie mir, mich später abzuholen.«

Martin Hammer nahm mit Reinhold Rücksprache. Den jungen Mann ließ die Andeutung, dass in der Höhle Schätze verborgen sein könnten, ganz kalt. »Wenn Gott uns ein nach Europa segelndes Schiff in den Weg führt«, sagte er, dann denke ich nicht an Rückkehr. Wir haben unsere *Hoffnung* verloren, es fällt mir aber nicht ein, den Verlust durch eine Jagd nach nebelhaften Trugbildern wieder einzubringen zu suchen.«

»Wenn's nun aber keine Trugbilder sind, Keppen Winter?«, rief Stephens. »Gewissheit habe ich ja auch nicht, wenn Sie mir aber den Steuermann mitgeben wollen, dann wird es sich bald zeigen, ob meine Annahme irrig ist, oder nicht.«

Paul hatte mit Spannung zugehört. Er meinte: »In solchen Höhlen auf einsamen Inseln sind immer Schätze versteckt, das habe ich schon wer weiß wie oft gesehen. O, Reinhold, tu mir den Gefallen und lass den Steuermann mitgehen!«

»Bringt's keinen Nutzen, so kann es doch auch nicht schaden«, meinte Onkel Martin. »Lass die beiden ihr Heil versuchen, Sohn.«

Reinhold zuckte die Achseln. »Mir ist's recht, Onkel«, antwortete er. »Mit Sonnenaufgang segeln wir. Bis dahin muss Steuermann Schlicht wieder zu Stelle sein.«

Zufrieden mit diesem Bescheid legte Stephens sich zur Nachtruhe in den Sand. Einige Stunden vor Tagesanbruch weckte er den Steuermann und schlug mit ihm den Weg nach der Höhle ein. Ihren vereinten Kräften gelang es, den Felsblock zur Seite zu wälzen. Mit Schlichts Feuerzeug ausgerüstet, kroch der Engländer in den hinteren Höhlenteil. Kaum hatte er den mitgebrachten Brandstoff angezündet, als er auch schon ein Gebrüll hören ließ, das in der Höhle wiederhallte.

»Was gibt's?«, fragte Schlicht erschrocken.

»Gold, Mensch! Gold und Silber«, schrie Stephens.

Jetzt schlüpfte auch der Steuermann eilfertig durch das Loch. Wahrhaftig! Der ehemalige Pirat hatte sich nicht verrechnet. Da lagen die Schätze, von denen er geträumt hatte in Haufen! Juwelenfunkelnde indische Waffen, Gold- und Silbermünzen, Armbänder und Ringe, dazu Kleidungsstücke, Schuhwerk, Geräte aller Art. Alles war von Staub und Schimmel bedeckt.

»Das nenne ich einen Fang!«, rief Stephens, nachdem er gierig Rundschau gehalten hatte. »Und all den Reichtum sollen wir hierlassen?«

»Es bleibt uns nichts anderes übrig«, sagte Schlicht kaltblütig. »Kommen Sie, die anderen warten auf uns.«

»So mögen Sie warten!«, versetzte Stephens entschlossen. »Ich weiche nicht von der Stelle.«

»Sie sind ein Narr!«, rief Schlicht unwillig. »Was wollen Sie hier anfangen? In wenigen Tagen sind Sie verhungert.

»Wollen's abwarten. Die Schätze sind mein, ich habe sie gefunden. Die Insel ist nicht so wüst, wie sie aussieht. Der alte Mann hat hier sein Leben gefristet, und das kann ich auch. Lassen Sie mir etwas Rum und Tabak hier, und dann segeln Sie meinetwegen wohin Sie wollen.«

Vergebens verschwendete Schlicht alle seine Überredungskunst, der von dem Schein des Goldes geblendete Engländer hörte gar nicht mehr auf ihn. Es war keine Zeit zu verlieren. Der Steuermann eilte aus der Höhle; im Osten rötete sich bereits der Horizont. Als er bei den Gefährten angelangt war, stieg die Sonne aus dem Meer auf.

Man ließ etwas Proviant und eine Flasche Rum zurück, schob das Boot ins Wasser, bettete sorgfältig den alten Winter hinein und ging in See. Reinhold und sein Bruder waren glücklich; hatten Sie doch den Vater bei sich, den zu finden sie ausgezogen waren. Noch hatte der alte Kapitän seine durch Leiden und Entbehrungen geschwächten Sinne nicht wieder beisammen, seine Blicke waren aber bereits weniger stumpf, und er schien für die ihm allseitig entgegengebrachten Liebesbeweise nach und nach Verständnis zu gewinnen. Wohl war Paul stark enttäuscht, als er erfahren musste, wie viel Kleinodien auf dem Eiland zurückbleiben sollten, aber er beruhigte sich bald, hing doch im Grund sein Herz ebenso wenig an den Gütern, die das Leben vergänglich zieren, wie das seines Bruders. Zudem war ja immerhin Aussicht vorhanden, dass man die Insel noch einmal anlaufen würde.

Als die Abenteurer etwas einen Büchsenschuss von dem Eiland entfernt waren, sahen sie den Engländer am Strand stehen und ihnen Lebewohl winken. Kapitän Hammer, Paul und Schlicht erwiderten den Gruß.

»Laufen wie die Insel wirklich noch einmal an, Onkel Martin?«, fragte der Junge.

»Wollen sehen. Wer weiß? Kommt darauf an.«

Die Insel blieb noch eine Weile in Sicht, und während dieser ganzen Zeit sahen sie den Engländer am Strand stehen und unablässig winken.

Nach einer Fahrt von vielen Stunden, während welcher man den alten Kapitän nur notdürftig gegen den heißen Sonnenbrand zu schützen vermochte, gewahrte man in der Ferne die blauen Umrisse einer neuen Küste.

Das Land lag im Nordwesten.

Vierzehntes Kapitel.

Das Abenteuer auf der Sklaveninsel.

Die Sonne ging bereits wieder unter, als man dem Land so weit nahegekommen war, dass unsere Abenteurer auch Waldungen von Kokospalmen und eine Menge von Hütten darauf wahrzunehmen vermochten. Die Insel, denn eine solche konnte es nur sein, war also bewohnt. Man nahm Mast und Segel fort und näherte sich langsam und vorsichtig.

Die Hütten bestanden aus Palmenstämmen mit Blätterbedachungen. Kinder wimmelten am Strand herum, auch zeigten sich einige Frauen - es waren Schwarze. Männer waren nicht sichtbar.

Das sah friedlich und vertrauenerweckend aus, und Onkel Martin steuerte das Boot, ohne noch länger zu zögern, in einen kleinen natürlichen Hafen hinein.

Kaum berührte der Vordersteven den Ufersand, da kam die ganze Herde der Kinder mit fröhlichem Geschrei herbeigerannt, in einiger Entfernung von den Frauen gefolgt, die durch laute Rufe ihr Erstaunen über das Erscheinen der Männer ausdrückten.

Die Kinder zeigten keinerlei Scheu oder Furcht; sie sprangen lustig ins Wasser, umplätscherten und umschwammen das Boot und ließen sich von Paul lachend die wolligen Köpfe kraulen.

Als unsere Seefahrer sich jedoch anschickten, an Land zu steigen, da erhob sich plötzlich ein lautes, durchdringendes Geklapper, wie von aneinandergeschlagenen Holzstücken; diesem Geklapper folgte ein schrilles Geschrei, und auf diesen Alarmruf stürzten zwei stämmige Schwarze in Eile auf den Schauplatz.

Beim Anblick der Europäer machten sie Halt und legten schussbereit die Gewehre an. Kapitän Hammer winkte seine Gefährten ins Boot zurück und schritt als Unterhändler allein den Beiden entgegen, die Hände zum Zeichen des Friedens hoch erhoben.

Da aber erschien eine neue Persönlichkeit, ein Araber, begleitet von mehreren grauköpfigen Schwarzen; Kapitän Hammer wendete sich nun an diesen, der, wie sich herausstellte, die Sprachen verschiedener seefahrender Nationen notdürftig radebrechen konnte.

Es stellte sich heraus, dass die Insel eine Art Gefängnis für Sklavenkinder war, die dort gehalten wurden bis sie herangewachsen waren, um schließlich auf den Sklavenmarkt gebracht zu werden.

Die Sklavenhändler hatten einen Aufseher und mehrere Wächter hergesetzt. Ersterer, der Araber, war unumschränkter Herr und hatte Gewalt über Leben und Tod. Die Wächter beackerten das Land, die Frauen fertigten Gewänder für die Kinder und bereiteten das Essen, und wenn zur Insel kommende Sklavenhändler sich unter den jungen Sklaven aussuchten, er ihnen gefiel, dann erhielt der Aufseher jedes Mal einen bestimmten Anteil vom Verkaufspreis.

Während Kapitän Hammer mit dem Araber verhandelte, umdrängten die Kinder in dichten Haufen das Boot, um die fremden weißen Männer anzustaunen; vor allen aber erregte Paul ihr Interesse; sie wurden nicht müde, seine Hände zu betasten, seine frischen Wangen zu streicheln und sein blondes Haar zu befühlen, was sich Paul lachend gefallen ließ.

Der Araber mochte meinen, dass ihm aus der Ankunft der Fremdlinge irgend ein Vorteil erwachsen könnte; er gestattete ihnen, an Land zu kommen und wies ihnen eine der Hütten als Unterschlupf für die Nacht an.

Auch die Kinder und die Frauen wurden jetzt von den Wächtern in die Hütten gebracht; das Stimmengewirr verstummte, tiefe Stille lagerte sich über die Insel.

Es war Nacht geworden. Unsere Abenteurer saßen in ihrer Behausung und besprachen die Ereignisse des vergangenen Tages.

»Der Araber hat sich so betragen, dass wir uns nicht beklagen können«, sagte Onkel Martin, »allein ich traue ihm nicht. Der Kerl hat tückische, grausame Augen, und wenn er uns in Ruhe lässt, dann geschieht dies nur, weil er glaubt, dass demnächst noch mehr von unserer Sorte hier landen werden. Habt ihr beobachtet, wie die kleinen Kinder geradezu entsetzt sind, wenn er sie nur ansieht? Verlasst euch darauf, er war nicht ohne Grund so zuvorkommend zu uns.«

»Vielleicht hält er uns für den Vortrab einer ganzen Schiffsmannschaft«, sagte Reinhold, dessen Wunde jetzt geheilt war und der sich wieder ganz wohl fühlte.

»Möglich«, antwortete der alte Schiffer. »Ein schlimmes Ding ist es, dass wir keine Waffen haben und uns so gut wie gar nicht verteidigen können, wenn das einmal nötig werden sollte.«

»Ich will doch sehen, ob man uns bewacht«, sagte Paul.

Der Eingang der Hütte hatte keine Tür, es war daher leicht, unbemerkt hinaus zu spähen.

»Dort, links steht ein Schwarzer mit einem Spieß in der Hand, und da rechts steht auch einer«, flüsterte Paul, auf seinen Platz zurückkehrend.

»Das dachte ich mir«, brummte der Steuermann. »Die Frauen sind uns übrigens freundlich gesinnt, das habe ich aus den Zeichen entnommen, die sie uns machen. Ich kann mich irren, es schien mir aber, als wollten sie uns warnen.«

»Wovor?«, sagte Reinhold.

»Ja, wenn ich das wüsste. Mir war's, als rieten sie uns, wieder in See zu gehen.«

»Ganz recht, Steuermann«, sagte Paul eifrig. »Das habe ich auch bemerkt. Eine alte Frau deutete immer nach dem Meer, und dabei sah sie mich so eigentümlich an, die gute Seele!«

»Du hast ihnen überhaupt sehr gefallen, Paul«, lächelte Reinhold. Sogleich aber wurde er wieder ernst. »Wenn uns Gefahr drohen sollte, wie retten wir dann unseren Vater?«

Der alte Kapitän Winter saß gegen die Hüttenwand gelehnt und schaute verloren nach den Sternen, die durch die Türöffnung hereinblinzelten. Ab und zu schien es, als versuche er, dem Gespräch seiner Gefährten zu lauschen und die an sein Ohr klingenden Worte zu verstehen. Im Allgemeinen war er jedoch teilnahmslos, wie sehr Reinhold und Paul sich auch bemühten, durch allerlei Plaudereien die Erinnerung in ihm zu wecken. Nur wenn das Wort *Hochmeister* vor ihm ausgesprochen wurde, belebte sich sein Blick, und eine gewisse Unruhe bemächtigte sich seiner, wenn auch nur vorübergehend.

»Können wir ihn nicht retten und beschützen, so können wir doch mit ihm sterben«, antwortete Paul auf des Bruders Frage. »Gott aber wird verhüten, dass es so weit kommt. Ich hoffe vielmehr sehr stark, dass wir alle eines schönen Tages gesund und froh wieder daheim sitzen werden, wie einst - weißt du noch, Reinhold?«

Reinhold nickte; dann ergriff er des Vaters Hand und drückte sie zärtlich. Der Greis sah ihn starr an; der Ausdruck seiner Augen verriet, dass er bemüht war, sich auf etwas zu besinnen. Dann wendete er mit einem Seufzer die Blicke ab.

Paul schaute zur Tür hinaus und wischte sich verstohlen eine Träne von der Wange. Da sah er draußen eine dunkle Gestalt herankriechen.

»Dort kommt jemand geschlichen!«, rief er leise. »Ein Mann! Er windet sich wie eine Schlange durch das Gras!«

Reinhold, Kapitän Hammer und Steuermann Schlicht lugten hinaus. »Scheint mir eher ein Frauenzimmer zu sein«, murmelte der Schiffer. »Soll mich wundern, was unsere beiden Schildwachen dazu sagen werden.«

Die Schildwachen meldeten sich nicht; die hatten sich ins Gras gestreckt und schliefen, wie es rechtschaffenen Schildwachen zukommt. Die dunkle Gestalt kroch näher und näher heran; jetzt war ihr Gewand erkennbar.

Alle standen regungslos. Was konnte dieser Mensch bedeuten? War ein Meuchelmord beabsichtigt?

Als die Heranschleichende gewahrte, dass sie von den Schildwachen nichts zu fürchten hatte, sprang sie schnell auf, heftete ein großes, weißliches Baumblatt an einen der Türpfosten und eilte dann in Windeseile wieder davon.

Reinhold langte aus der Tür und bemächtigte sich des Blattes. Es war von lichter Farbe und lederartig fest. Bei dem hellen Schein der tropischen Gestirne konnten die Abenteurer allerlei Zeichen sehen, die darauf eingeritzt waren.

»Wir müssen uns gedulden, bis es Tag wird«, meinte Kapitän Hammer. »Dann wollen wir dieses Sendschreiben zu entziffern suchen. Inzwischen tun wir am besten, nach Möglichkeit zu schlafen.«

»Das lässt sich hören«, pflichtete Reinhold ihm bei. »Ich übernehme die erste Wache.«

Er setzte sich neben seinen sanft eingeschlummerten Vater nieder. Bald verkündeten mannigfache Schnarchlaute, dass die Gefährten dem Vorschlag Onkel Martin gefolgt waren.

Die Nacht war still, nur die Palmblätter raschelten leise, und vom Strand her kam das Brausen der Brandung.

Als Reinhold sich plötzlich mit einem Ruck erhob, fühlte er sich lahm und steif. Unwillig musste er sich gestehen, dass er anstatt zu wachen fest geschlafen hatte. Der Tag graute.

Sein erster Blick galt dem Blatt. Dann schaute er sich in der Hütte um. Sein Vater und die anderen schliefen noch immer. Er atmete auf. Welch ein Unglück hätte durch seine Pflichtverletzung entstehen können?

Er wollte ins Freie gehen, um sich Bewegung zu verschaffen.

Ha! Was war das? Er hatte auf einen weichen Gegenstand getreten und fuhr nun entsetzt wieder zurück. Das Ding lag im hohen Gras verborgen - jetzt richtete es sich auf - es war ein Mensch, einer der Wächter; derselbe hatte quer vor dem Eingang gelegen. Der Schwarze, ein alter Mann, nickte ihm gutmütig zu und gab dann einen glucksenden Laut von sich, ein Signal, auf das sich noch drei andere Wächter aus dem Gras erhoben. Alle waren bejahrte Gesellen. Sie grinsten Reinhold zu und schienen froh zu sein, dass dieser keine feindlichen Absichten zeigte. Ungehindert trat der junge Mann einige Schritte aus der Tür, um einen Blick über das glatte Meer hinaus zu werfen. Vor Sonnenaufgang würde sich kein Lüftchen rühren, das wusste er; später aber setzte der Seewind ein, dem auslaufenden Boote eine günstige Brise.

Die Wolken über dem östlichen Horizont färbten sich mit feurigen Tinten, und die Kimmung begann zu glühen. Dann stieg der Sonnenball herauf, ein Schauspiel, uralt und dennoch ewig wunderbar und neu. Reinhold kehrte in die Hütte zurück.

»Reis´ aus Quartier!«, rief er mit lauter Stimme, und jäh fuhren die Schläfer empor.

Der Ruf, mit dem die Wache an Bord geweckt wird, verfehlte auch hier seine Wirkung nicht. Selbst Kapitän

Gotthelf Winter richtete sich auf, blickte um sich und schien sprechen zu wollen. Es war zweifellos, dass er immer mehr Anteil an den Dingen nahm, die um ihn her vorgingen. Reinhold gewahrte dies, und eine große Freude erfüllte sein Herz.

Nunmehr zog er das Blatt hervor, um die Zeichen darauf unter dem Beistand der Gefährten zu entziffern.

Das Blatt war auf der einen Seite weißlich gelb, auf der anderen grün. Die Zeichen befanden sich auf der hellen Seite, so dass die eingeritzten Linien und Striche grün erschienen.

Da war zuerst ein Kreis, sodann, auf der rechten Seite des Kreises, ein ungeschickt aber immerhin erkennbar dargestelltes Segelschiff, und auf der linken Kreisseite ein Boot, über welches ein Pfeil hinflog. Hier und da waren noch einige Kritzeleien angebracht, wahrscheinlich Schriftzeichen; verständlich aber war zunächst nur das Schiff und das Boot mit dem Pfeil.

»Mir scheint das eine freundschaftliche Warnung zu sein«, meinte Kapitän Hammer. »Könnten wir sie enträtseln, so hätten wir sicherlich Nutzen davon.«

Reinhold sagte nichts, er überließ das Blatt den Gefährten und beschäftigte sich mit seinem Vater.

»Nun, Paul, lass uns deine Ansicht hören«, lächelte Schlicht, den Jungen mit dem Ellbogen anstoßend. »Kinder verstehen solche kindischen Krakelfüße am leichtesten.«

Paul nahm das Blatt und trat damit vor die Tür.

»Hm!«, grübelte er. »Hier ein Schiff und da ein Boot. Und drüber ein Pfeil und daneben allerlei Gekritzel. Ein Pfeil, hm, vielleicht ein vergifteter. Und was ist das für ein Kritzelkram hier bei dem Schiff? Sieht beinahe aus wie ein Schießgewehr. Und in der Mitte der Kreis - ein Kreis soll's ja wohl sein, wenn das Ding auch keineswegs rund ist. Hm! Hätte die schwarze Dame ihren Brief nicht einfach deutlich schreiben können? Dann brauchte man sich noch nicht den Kopf darüber zu zerbrechen. Ja so, sie wird in der Schule wohl nicht Deutsch gelernt haben. Ei, das mag der Kuckuck herauskriegen!«

Und von neuem vertiefte der Junge sich in sein Studium. Er setzte sich nieder, stand wieder auf und setzte sich von neuem. Endlich sprang er empor und eilte in die Hütte.

»Ich hab's!«, rief er. »Onkel Martin, Reinhold, ich hab's!«

»Heraus mit deiner Weisheit, du Schriftgelehrter!«, rief Schlicht lachend. »Wirst uns wohl schönen Wind vormachen!«

Paul wendete ihm verachtungsvoll den Rücken zu.

»Dir, Onkel Martin, und dir, Reinhold, will ich die rätselhafte Bilderschrift deuten«, sagte er. »Seht her. Dieses Boot ist unser Boot; das Schiff da ist ein Piratenfahrzeug; der runde, oder vielmehr nicht runde Kreis soll die Insel vorstellen, auf der wir uns befinden. Der Pfeil bedeutet entweder Kampf oder Blutvergießen, oder aber er fordert uns auf, zu entfliehen. Die Muskete hier soll uns vielleicht andeuten, dass wir in Gefahr sind, totgeschossen zu werden. Meiner Meinung nach heißt der Inhalt dieses Schriftstückes auf gut Deutsch: »Macht, dass ihr fortkommt, und zwar sobald wie möglich!«

»Er hat Recht!«, rief der alte Schiffer. »Bei Gott, der Junge hat Recht! Paul, du bist ein Prophet!«

»Auch mir leuchtet diese Deutung ein«, nahm Reinhold das Wort. »Ich fürchte nur, dass eine Flucht nicht leicht auszuführen sein wird. Horch! Was ist das? Sie schlagen die Trommeln! Was mag da im Werk sein? O, dass wir außer unseren Taschenmessern auch gar keine Waffen haben!«

»Im Notfall findet wohl jeder von uns noch einen tüchtigen Knüppel«, versetzte Onkel Martin. »Die Hüttenpfähle geben zum Beispiel treffliche Keulen ab. Aber lasst uns hinausgehen und sehen, was es gibt.«

Als sie sich anschickten, die Hütte zu verlassen, erhob Kapitän Gotthelf Winter sich von seinem Lager und schloss sich stillschweigend ihnen an. Reinhold strahlte vor Freude, als er dies bemerkte. »Vater, lieber Vater!«, sagte er, den Arm des so vorzeitig gealterten Mannes in den seinen legend. »Kennst du mich jetzt? Kennst du deinen Sohn Paul dort und deinen alten Freund, den Kapitän Martin Hammer?«

Der Greis sah erst ihn, dann Paul und zuletzt den Schiffer an; einen Augenblick schien es, als wolle die Erinnerung in seinem Auge aufleuchten, dann aber wurde der Ausdruck desselben wieder leer und stumpf.

»Geduld, Reinhold«, sagte Onkel Martin sanft. »Es wird ja von Tag zu Tag besser mit deinem Vater. Schon hat er dich lieb gewonnen; sieh nur, wie er sich an dich klammert. Aber schau, was mögen die Leute vorhaben?«

Die ganze Bewohnerschaft der Insel schien sich auf dem Platz zwischen den Hütten und dem Strand versammelt zu haben, fast ausschließlich Frauen und Kinder. Dieselben hatten sich so aufgestellt, dass in ihrer Mitte ein weiter Platz frei blieb. Auf diesem Platz hatte man zwei Pfähle in die Erde gepflanzt und zwar so, dass dieselben ein schräges Kreuz bildeten.

»Oho!«, sagte Kapitän Hammer stirnrunzelnd. »Hier soll jemand gepeitscht werden.«

Der alte Schiffer hatte auf seinen weiten und langen Reisen vieler Völker und Sprachen kennen und reden gelernt; er wendete sich an einen grauköpfigen Schwarzen, der in der Nähe stand, und dieser bestätigte ihm durch Worte und

Gebärden seine Mutmaßung, hinzufügend, dass die grausame Strafe an einer jungen Frau vollstreckt werden sollte. Die Unglückliche war dabei ertappt worden, wie sie in der vergangenen Nacht von der Hütte der weißen Männer zurückschlüpfte.

Alle erschraken, als sie den Sachverhalt erfuhren.

»Was? Unsere gute Freundin soll so schrecklich bestraft werden?«, rief Paul in heller Empörung. »Das dürfen wir nimmermehr zulassen!«

»Ich werde mit dem Machthaber reden!«

»Tu das, Onkel Martin«, rief Reinhold, »wir alle stehen zu dir! Da bringen sie das arme Mädchen! Sieh doch, wie sie zittert! Und die Frauen sind aufgeregt und zornig, das ist deutlich zu erkennen. Höre nur, da murren schon einige.«

»Auch den Männern gefällt die Sache nicht«, versetzte der Schiffer. »Das arme Volk ist nur leider zu sehr geknechtet, man hat ihm Mut und Selbstgefühl vollständig aus dem Leib gepeitscht. Da, der Araber bindet das arme Ding eigenhändig an das Marterholz! Das kann ich nicht mit ansehen!«

Damit entriss er dem nächsten der Wächter den Speer und eilte, die Kette der Frauen durchbrechend, in den Kreis.

»Halt!«, rief er dem Araber in dessen Sprache zu. »Rühre das Mädchen nicht an!«

Der Aufseher, ein starkknochiger Mann in weißem Gewand und weißem Turban, schwang eine schwere Geißel aus Nilpferdhaut sausend durch die Luft. »Zurück!«, schrie er den alten Seemann an. Dann winkte er den Wächtern: »Greift ihn, den ungläubigen Hund! Hernach will ich auch ihn peitschen!«

Einige der Wächter machten einen schwächlichen Versuch, sich durch die Schar der Kinder und Frauen zu drängen; die Letzteren aber erhoben ein lautes Geschrei und stießen sie zurück. Es war unverkennbar, dass der Aufseher ein allgemein verhasster Mensch war, und dass es nur an einem Anführer fehlte, um alles gegen ihn zur Empörung zu bringen.

»Paul«, flüsterte der Steuermann, den Jungen auf die Seite ziehend, »hier, nimm mein Messer; lauf und zerschneide die Fesseln des Mädchens. Ich decke deinen Rückzug mit diesem Knüppel.« Damit wies er in seiner Rechten einen wahren Hebebaum, den er irgendwo aufgesammelt hatte.

Ohne sich lange zu besinnen, griff Paul nach dem Messer, rannte windschnell zum Kreuz und begann die Lederriemen zu durchschneiden, die des Mädchens Arme an die Pfähle banden.

Bei diesem Anblick stießen die Frauen ein Jubelgeschrei aus und drängten vorwärts. Der Araber jedoch hob wutschäumend die Geißel und schlug nach dem Jungen; der Streich traf des Mädchens Rücken und Pauls Hals, hier wie da eine blutende Wunde zurücklassend. Beide Getroffenen schrien auf, das Mädchen in grimmiger Pein, der Junge im Zorn.

Im nächsten Moment war Reinhold dem Araber an die Kehle gesprungen, während Onkel Martin und der Steuermann die bewaffneten Schwarzen abwehrten, deren Angriffe freilich nicht sehr ernst gemeint zu sein schienen. Immerhin verhinderten sie die beiden Männer, Reinhold zu Hilfe zu kommen, der mit dem wütenden Araber einen schweren Stand hatte. Leicht hätte es dem jungen, waffenlosen Mann übel ergehen können, denn schon hatte der Araber seinen blinkenden Dolch gezückt, da aber stieß der greise Kapitän Winter, der eine Weile wie betäubt gestanden hatte, einen gewaltigen, dröhnenden Schrei aus und stürzte sich mit unglaublicher Kraft auf den Bedränger seines Sohnes.

Im Nu hatte er denselben gepackt, niedergerissen und mit einem furchtbaren Faustschlag besinnungslos auf die Erde gestreckt. Darauf sah er sich nach Reinhold um, fasste dessen Arm und wollte ihn wegführen.

Das aber war nicht so leicht, denn ihre Schritte wurden gehemmt durch die herzudrängende Menge.

Als der Tyrann gefallen war, kannte der Jubel der Frauen und Kinder keine Grenzen. Die Wächter ließen sich jetzt widerstandslos beiseiteschieben, einige stimmten sogar unverhohlen in das Freudengeschrei ein. Die Frauen eilten, dem Mädchen und dem weißen Jungen beizustehen. Die Verwundung des Mädchens war schwer, der grausame Geißelschlag hatte ihm den ganzen Rücken aufgerissen. Während einige die vor Schmerzen Wimmernde in eine Hütte trugen, verbanden andere Pauls verhältnismäßig leichte Verletzung, die Onkel Martin schnell besichtigt und für ungefährlich erklärt hatte.

Die grauköpfigen Speerträger warfen, von den Frauen bedroht, freiwillig ihre Waffen fort; widerspenstiger zeigten sich die beiden Leibwächter des Aufsehers. Als jedoch Steuermann Schlicht denen einen mit seinem schweren Hebel sanft auf den harten Schädel geschlagen hatte, ergab sich auch der andere, und nun wurden beide an Händen und Füßen gebunden und samt ihrem gleichfalls gefesselten Herrn in die eine Hütte geschleppt.

Reinhold schritt mit dem Vater am Strand auf und ab. Er hatte gehofft, dass dieser ihn jetzt erkennen und mit ihm reden würde. Der alte Mann aber begegnete allen Fragen nur mit unruhigen Blicken, äußerte jedoch kein Wort.

Enttäuscht schaute der junge Mann über das Meer hinaus.

Da erblickte er in der Ferne die Segel eines Schiffes von der Morgensonne hell angestrahlt.

»Ein Schiff!«, rief er den Gefährten zu.

Die kamen eilig herbei.

»Das ist das Fahrzeug, vor dem uns das liebe Mädchen gewarnt hat«, erklärte Paul, der einen Verband von heilenden Kräutern um den Hals trug.

»Was nun tun?«, fragte Onkel Martin. »Der fremde Segler ist ohne Zweifel in mosambikischer Pirat.«

Fünfzehntes Kapitel.

Die ›Hoffnung‹. - »Keine Überstürzung, Kinder.«
Aussicht auf Rettung.

In der ersten Hälfte des 19. Jahrhunderts galten der Kanal von Mosambik und die anstoßenden Gewässer noch für die unbestrittenen Jagdgründe der arabischen Seeräuber. Die Stadt Mosambik, die Insel Sansibar und die komorischen Eilande befanden sich völlig in der Gewalt der Sklavenhändler, die sich von den Seeräubern nur wenig unterschieden.

Die Insel, auf die das Geschick unsere Freunde verschlagen hatte, gehörte zur Gruppe der Komoren. Man hat diese Eilande poetisch »grüne Smaragde in glitzerndes Silber gefasst« genannt; der Vergleich ist nicht unzutreffend.

Die Gruppe liegt zwischen dem Nordende Madagaskars und der Ostküste Afrikas und besteht aus den Inseln Großkomoro, Moheli, Johanna und Mayotta. Die Bewohner sind Suaheli, gemischt mit Arabern; die Letzteren bilden das regierende Volk. Die Vegetation ist überaus üppig, und der Aufenthalt auf den Inseln könnte ein paradiesischer genannt werden, wenn das Klima für die Einwohner nicht so ungesund wäre. Die Sprachen auf den Komoren sind das Arabische und das Kisuaheli.

Ob der fremde Segler, den Reinhold erspäht hatte, ein Seeräuber oder ein Sklavenhändler war, blieb sich gleich, die Aussicht war so gefahrdrohend, wie die andere.

Das Schiff steuerte gerade auf die Insel zu. Landete seine Besatzung, dann setzte sie den Aufseher und seine beiden Getreuen wieder in Freiheit und was hernach den fünf weißen Leuten geschah, das bedurfte keiner besonderen Frage.

Kapitän Hammer und seine Gefährten standen in banger Erwartung und beobachteten das herankommende Fahrzeug.

»Es ist eine Bark!«, rief Paul nach einer Viertelstunde stummer und gespannter Aufmerksamkeit.

»Gewiss, ist's eine Bark«, brummte der Steuermann, »und ich möchte den jungen Keppen Winter fragen, ob jene Bark ihm nicht bekannt vorkommt.«

»Ich müsste lügen, wenn ich sagen wollte, sie käme mir nicht bekannt vor«, bemerkte auch der alte Schiffer langsam.

»Es ist die *Hoffnung*, so wahr ich lebe!«, rief jetzt Reinhold in höchster Erregung.

»Die *Hoffnung* ist es, daran ist nicht mehr zu zweifeln«, sagte Martin Hammer. »Wer aber mag an Bord sein?«

»Piraten, wer sonst?«, versetzte Reinhold zähneknirschend. »Diesmal ist die *Hoffnung* unser Verderben!«

»Nun, nun, noch leben wir und befinden uns in Freiheit«, warf Schlicht ein. »Gehen wir ins Boot; noch kann man uns von der Bark aus nicht gesehen haben.«

»Sie wird hier zeitig genug von uns erfahren und sich dann an die Verfolgung machen«, sagte Reinhold.

»Darauf müssen wir es ankommen lassen«, erwiderte der Steuermann. »Ob dies das Schiff ist, vor dem uns des Mädchens Bilderschrift warnen wollte?«

»Möglich«, nahm Kapitän Hammer das Wort. »Aber keine Überstürzung, Kinder; ich habe einen anderen Plan. Fliehen wir mit dem Boot, dann sind wir bald eingeholt und in den Grund gerannt. Nein, verstecken wollen wir uns, bis die Kerle an Land gekommen sind; zuvor freunden wir uns mit den Leuten hier an und bemächtigen uns schließlich mit deren Hilfe der Bark. Natürlich müssen wir den rechten Zeitpunkt dazu erspähen. Im Besitz des Schiffes aber sind wir geborgen!«

Der Plan fand Beifall; noch war vollauf Zeit zu seiner Ausführung. Die Weiber und die älteren Kinder, glücklich in dem Gefühl ihrer Freiheit, brachten allerlei Nahrungsmittel herbei, wie die Insel sie bot; auch gelang es dem Kapitän Hammer, unter den grauköpfigen Schwarzen einen ausfindig zu machen, der etwas Englisch und Spanisch verstand. Er schenkte demselben sein Feuerzeug und gewann dadurch in ihm einen Anhänger auf Leben und Tod. Jubelnd rief der alte Geselle seine Genossen, die anderen Wächter, herbei und verkündete ihnen die Großmut des weißen Häuptlings. Onkel Martin benutzte die Gelegenheit und begann mit Hilfe des Dolmetschers sogleich die Verhandlungen; er verhieß allen reichliche Belohnung, wenn sie ihm behilflich sein wollten, das Schiff den Piraten wegzunehmen. Die Schwarzen erklärten sich sofort einverstanden; sie mussten von dem Raubgesindel schon viel zu leiden gehabt haben, denn sie griffen mit einer wahren Gier nach jeder Gelegenheit, sich endlich einmal rächen zu können.

Das Boot wurde in einer entfernten Bucht versteckt und ausreichend mit Kokosnüssen, Yams und Bananen verproviantiert.

Paul musste als Wächter bei dem Fahrzeug bleiben, Reinhold aber, Kapitän Hammer und Steuermann Schlicht machten sich auf die Suche nach Waffen, wobei der Dolmetscher ihnen treffliche Dienste leistete.

In der Hütte des Aufsehers fanden sie einige Pistolen und Säbel, ebenso die Gewehre der Leibwächter, dazu einen Vorrat von Pulver und Blei.

Der Araber lag gefesselt am Boden, unweit von ihm seine gleichfalls gefesselten Genossen. Onkel Martin zog ihnen die Dolchmesser aus den Gürteln und steckte sie zu sich. Die

Kerle schossen Wutblicke auf ihn, gaben aber keinen Laut von sich.

»Ich fürchte«, sagte der alte Schiffer, die drei Gefangenen mit finsteren Blicken musternd, »ich fürchte sehr, dass es den armen Frauen und Kindern nach unserem Abgang schlimmer ergehen wird, als zuvor.«

»Das ist wohl anzunehmen«, brummte der Steuermann. »Immerhin findet selbst die rachsüchtige Bosheit eine Grenze bei der Erwägung, dass die Sklaven wertvolle Ware sind.«

»Diese Erwägung hat leider noch keinen Sklavenhändler abgehalten, seine Grausamkeiten zu verüben«, versetzte er. »Aber ich will tun, was man tun kann.« Und er erklärte dem Araber, dass in einiger Zeit ein englisches Kriegsschiff kommen werde, um Rechenschaft über sein Treiben zu fordern.

Dann verließen sie die Hütte.

Draußen schlenderte Kapitän Gotthelf Winter umher, nicht mehr so stumpf und in sich versunken, sondern bereits alles um sich beobachtend.

Bei dem flauen Wind brauchte das heraufsegelnde Schiff den ganzen Tag, um die Insel zu erreichen. Unsere Abenteurer hatten daher Zeit genug, alles aufs Beste vorzubereiten.

Gegen Abend saßen sie alle im Boot und beobachteten die näherkommende Bark. Zehn Schwarze, darunter der Dolmetscher, hatten sich zu ihnen gesellt, bereit, das Wagnis mit ihnen zu teilen. Der Dolmetscher war der Führer dieser Hilfsmannschaft. Seine Sprachkenntnisse beschränkten sich freilich nur auf wenige spanische und englische Wörter, die er an Bord von Piratenschiffen aufgegriffen hatte, um so besser aber vermochte er sich durch Gebärden auszudrücken.

Er wies auf das Schiff, dann auf das Land; darauf stellte er pantomimisch dar, wie man trinkt, wie der Trinker dann berauscht wird und endlich einschläft. So pflegten es die Piraten zu treiben, wenn sie an Land kamen; er wusste dies aus vielfältiger Erfahrung. Auch diesmal würde es so sein.

Die Bark hatte sich bis auf einige Kabellängen genähert. Die Segel wurden aufgegeit, der Anker fiel. Bald darauf wurden die Boote zu Wasser gebracht, und etwa zwanzig Mann machten sich auf den Weg nach dem Land.

»Wie wär's«, meinte der Steuermann, »wenn wir ihnen heimlich die Boote oder doch zum mindesten die Riemen wegnehmen? Ich schleiche mich in dem Kanu unserer Schwarzen zu der Landungsstelle, und die Sache ist gemacht. Inzwischen rojen Sie, Keppen Hammer und Keppen Winter, mit Paul, dem alten Herrn und den Schwarzen zu der Bark, klettern an Bord, kappen das Untertau und bugsieren das Fahrzeug seewärts.«

Reinhold schaute den alten Schiffer an.

»Was meinst du, Onkel Martin?«, fragte er.

»Ich meine, dass unser Schlicht ein sehr verständiger Ratgeber ist«, antwortete Kapitän Hammer. »Wir haben keine Zeit zu verlieren. Die Piraten können leicht von unserer Anwesenheit hören, Argwohn schöpfen und früher, als uns lieb wäre, an Bord zurückkehren. Es wird bereits dunkel; also vorwärts, Steuermann, führen Sie Ihren Vorsatz aus, und dann kommen Sie uns so schnell wie möglich nach.«

Die Tropen kennen kein Zwielicht; dem Tag folgt fast unvermittelt die Nacht. Als die Piraten landeten, deckte tiefe Finsternis bereits Land und Meer. Die Ankömmlinge mussten auf der Insel Bescheid wissen, denn sie begaben sich geradewegs nach dem Vorratsschuppen des Aufsehers, wo einige Fässchen mit Rum lagerten. Während sie sich mit diesen zu schaffen machten, umfuhr der Steuermann, von zwei Schwarzen begleitet, in dem leichten Kanu das felsige Vorland der Bucht, glitt schnell und geräuschlos zur Landungsstelle, nahm die Riemen aus den Booten und steuerte damit seewärts dem Schiff zu.

Die Piraten mussten sich auf dieser Reede ganz sicher gewähnt haben, denn sie hatten keine Seele an Bord zurückgelassen. Kapitän Reinhold und Onkel Martin waren die ersten, die sich von der Großrüst aus an Bord schwangen. Als sie gewahrten, dass niemand da war, ihnen Widerstand zu leisten, stießen sie ein fröhliches Hurra aus, und gleich darauf kletterten Paul und Kapitän Gotthelf Winter über die Reling, der Letztere von den Schwarzen unterstützt, die im Boot zurückblieben, um die Bugfierleine entgegenzunehmen. Das Ankertau war bald gekappt - damals kannte man noch keine Ankerketten - und die acht Schwarzen legten sich wacker in die Riemen. Nach kurzer Zeit langte Schlicht in seinem Kanu an. Seine beiden Begleiter stiegen mit zweien der erbeuteten Riemen in das Boot hinüber und halfen beim Rudern, er selber aber begab sich an Bord der Bark, wo er mit Jubel begrüßt wurde.

Der kühne Anschlag war gelungen, schneller und leichter als man gehofft hatte.

Eine Stunde lang ruderten die Schwarzen mit Aufbietung aller Kraft. Dann rief man sie an Bord. Ein leichter Wind hatte sich aufgemacht, und Kapitän Reinhold ließ die aufgegeiten Segel wieder verschoten. Besan und Klüver wurden gesetzt, Steuermann Schlicht ging ans Ruder, und die Hoffnung, aufs Neue in den Händen ihrer Eigentümer, glitt mit zunehmender Brise durch das an ihrem Vordersteven emporkräuselnde Wasser.

Sechzehntes Kapitel.

Die Fünfe aus der Vorluk. - »Ich will auch nie wieder klagen!«
Kapitän Gotthelf Winter übernimmt das Kommando.

Kapitän Reinhold schritt wieder, wie einst, auf der Luvseite des Achterdecks seines Schiffes auf und nieder. Froher Dank gegen den Allmächtigen, der ihm so wunderbar beigestanden hatte, erfüllte sein Herz. Neben ihm spazierte Kapitän Hammer. Der alte Winter und Paul befanden sich unten in der Kajüte. Beide standen sozusagen noch auf der Krankenliste.

»Das wäre ja soweit recht glatt verlaufen«, bemerkte der alte Schiffer, erst einen Blick in die Takelung, die nach dem letzten Gefecht nur oberflächlich ausgebessert worden war, und dann rings über das nächtliche Meer werfend. »Nun halte ich es aber doch für notwendig, dass wir uns unter Deck ein wenig umsehen; es kann sein, dass da noch der eine oder der andere von den Banditen versteckt liegt.«

Mit Laternen versehen stiegen sie in den Raum hinunter. Sie durchsuchten alles, was ihnen zugänglich war, bis zum Hellegatt hinab. Sie fanden noch den größten Teil der Vorräte, dazu Waffen und geraubtes Gut, versteckte Menschen aber fanden sie nicht. Sie stellten die Laternen beiseite und gingen wieder aufs Achterdeck, wo Onkel Martin den Rudersmann, Steuermann Schlicht, ablöste, der sogleich in seine Kammer ging, um ein wenig zu ruhen.

»Wir sind jetzt nur drei, die das Schiff steuern können«, bemerkte Martin Hammer, »du, Schlicht und ich; wie das auf die Länge der Zeit werden soll, weiß ich noch nicht. Nun, Gott wird weiter helfen.«

»Das wird er, Onkel Martin«, sagte der junge Schiffer. »Sollen wir nun die andere Insel anlaufen und den Erzschelm, den Stephens, an Bord nehmen? Als Christenmenschen dürfen wir ihn kaum im Stich lassen. Außerdem gibt es da noch den Schatz zu heben.«

»Sehr richtig«, nickte der Alte. »Ich denke, wir werden das Eiland mit Tagesanbruch in Sicht haben.«

Der erfahrene Seemann irrte nicht; als die Sonne aufging, beleuchtete sie das kleine Felseneiland; es winkte schaumumkränzt über dem Backbordbug. Der unermüdliche Alte hatte die halbe Nacht am Ruder gestanden. Zum Glück war die Brise gleichmäßig und leicht geblieben. Als er sechs Glasen schlug, kam Reinhold an Deck, der eine Stunde geruht hatte. Der Steuermann hantierte in der Kombüse, um das Frühstück zu bereiten. Das Boot schleppte achter dem Heck.

»Wenn wir in Lee vor der Insel sind, dann wollen wir beidrehen und an Land gehen«, sagte Kapitän Hammer. »Wir wagen nichts dabei, da das Schiff sich bei diesem stillen Wetter nicht von der Stelle rühren wird. Freilich müssen wir uns nach Kräften beeilen. Heda, Paul, ausgeschlafen?«

»Ja, Onkel Martin«, antwortete der Junge, aus der Kampanjeluke kommend, »auch kann ich den Hals schon wieder drehen. Darf ich mit an Land?«

»Diesmal nicht, Sohn. Du musst an Bord nach dem Rechten sehen. Die Schwarzen gehorchen dir; auch darfst du deinen Vater nicht verlassen. Denke doch, du sollst auf eine halbe Stunde Kapitän sein.«

Der Junge war's zufrieden. Er erhielt ein paar Pistolen nebst Munition, mit der Weisung, sofort einen Signalschuss abzugeben, wenn das Schiff zu weit von seinem Platz zu vertreiben drohte oder wenn sonst eine Gefahr sich zeigen sollte. Die Landungsexpedition würde dann in größter Eile zurückkehren.

Darauf ruderten Reinhold, Kapitän Hammer und Steuermann Schlicht an Land.

Paul erklomm den Saling im Besan, um sich zu überzeugen, ob auch kein Fahrzeug in Sicht sei. Sein Vater schlief in der Kajüte. Von den an Bord gebliebenen Schwarzen saß einer als Ausguck auf der Back, die drei anderen hockten mittschiffs auf der Großluk und sonnten sich.

Da - was war das?

Dem Jungen sträubten sich die Haare, und es durchrieselte ihn eiskalt.

Denn aus der unverschlossenen Vorluk stieg eine Gestalt herauf, langsam und mühevoll, bleich, in Lumpen gehüllt und so abgezehrt, dass sie beinahe einem wandelnden Gerippe glich.

Paul saß ganz starr.

Was hatte das zu bedeuten? Sollte man ihnen das Schiff wieder entreißen wollen? Woher kam dieser Mann?

Während diese Gedanken ihm blitzschnell durch das Hirn flogen, erschien ein zweites Gespenst aus der Vorluk - dann ein drittes, ein viertes und endlich ein fünftes!

Fünf zerlumpte Männer, klapperdürr, mit zottigen Haaren und schrecklich hohlen Augen standen an Deck und betrachteten die auf der Großluk eingeschlafenen Schwarzen.

Paul vermochte sich nicht zu rühren; der Schwarze auf dem Ausguck aber vernahm hinter sich ein Geräusch; er wendete sich um, sah die Gespenster, stieß einen lauten Schrei des Entsetzens aus, sprang kopfüber ins Meer und schwamm aus Leibeskräften dem Land zu.

Jetzt kam auch Paul zu sich. Zuerst wollte er eine Pistole abschießen, da aber gewahrte er, dass die fünf Männer nicht wie Piraten aussahen; sie waren Weiße, und als er genauer hinsah, erkannte er in ihnen Janmaaten, und zwar ganz unverkennbar deutsche Janmaaten. Die armen Kerle wankten vor Schwäche.

Paul fasste Mut, stieg an Deck hinab und ging, in jeder Hand eine Pistole, auf die Fünfe zu. »Wer seid ihr und was wollt ihr?«, fragte er mit starker, entschiedener Stimme.

Die Leute ließen ihn ruhig herankommen; sie hatten ihn auf den ersten Blick erkannt.

»Ach, junger Herr«, begann der eine mit matter Stimme, »Sie kennen uns wohl nicht mehr? Freilich, wenn ich mich selber und meine Maaten jetzt bei Tageslicht betrachte, dann wundert mich das nicht. Wir sind die Letzten von der Mannschaft, die Ihr Bruder, Keppen Reinhold Winter, in Danzig für die *Hoffnung* angemustert hat. Seit die Bark von den Piraten genommen wurde, lagen wir unten im Raum verstaut; zuletzt aber konnten wir's vor Hunger und Durst nicht mehr aushalten, und da wagten wir uns an Deck. Sehen Sie uns nur recht an, junger Herr, dann werden Sie uns wohl wiedererkennen.«

»Ich erkenne euch nicht«, versetzte Paul, »aber ich glaube euch.« Dann ging er, stieß die noch immer schlafenden Schwarzen an und befahl ihnen durch Gebärden, für die fünf Verschmachteten etwas zu essen herbeizuschaffen. Die Schwarzen gehorchten, er selber aber holte einen Blechtopf voll Rum aus der Kajüte, den er am Wasserfass eigenhändig verdünnte, damit das starke Getränk den Leuten nicht schade.

Als die Matrosen im Logis bei einem reichlichen Mahl saßen, gab er einen Signalschuss ab und schritt dann, wie ein richtiger Befehlshaber, an Deck auf und nieder.

Die Landungsexpedition ließ nicht lang auf sich warten. Die unverständlichen Mitteilungen des an Land geschwommenen Schwarzen hatten sie bereits alarmiert. Mit Windeseile schoss das Boot heran. Reinhold sprang zuerst über die Reling.

»Was gibt's, Paul?«, rief er atemlos. »Ist dem Vater etwas zugestoßen? Was meint der Schwarze, der fortwährend fünf Finger zeigte?«

Der Junge erstattete Bericht, während Hammer und Schlicht über die Reling kamen. Der Steuermann lief sogleich nach vorn ins Logis, wo er die armen Leute freudig begrüßte. Reinhold folgte ihm, sagte den Matrosen einige freundliche Worte und schüttelte ihnen der Reihe nach die Hände.

Nach einer Weile kam der Steuermann zurück. »Du hast wohl einen tüchtigen Schreck gekriegt, Paul, als die unerwarteten Gäste aus dem Versteck kamen?«, sagte er lachend.

»Im ersten Augenblick gewiss«, antwortete der Junge. »Ich sah jedoch bald, dass ich von ihnen nichts zu fürchten hatte, da sie sich selber kaum auf den Beinen halten konnten.«

»Wir müssen sie gut füttern, damit sie bald zu Kräften kommen«, sagte Kapitän Hammer. »Sie sollen uns gute Dienste leisten. Jetzt sind wir übrigens gemachte Leute, Paul.«

»Wieso, Onkel Martin?«

»Nun, wir haben den Schatz gefunden.«

»Ja, richtig, den Schatz! Den hatte ich ganz vergessen!«

»Der ist nun unser!«

»Unser? Stephens hat ihn doch entdeckt; ist er nicht sein?«

»Stephens ist tot. Ein Felsstück, das von dem Gewölbe der Höhe gefallen ist, hat ihn erschlagen, nachdem er bereits einen Teil des Schatzes in die äußere Höhle geschafft hatte. Jetzt sind wir die rechtmäßigen Eigentümer.«

»Rechtmäßige Eigentümer von gestohlenem Gut?«

»Ja, Junge, sollen wir die Kostbarkeiten da liegen lassen, zum Nutzen der Piraten?«

»Nein, Onkel Martin, das wäre wohl töricht. Ach, wie wird Luise sich freuen!«

»Jubiliere nicht zu früh!«, sagte Reinhold, der herzugetreten war. »Noch sind wir nicht zu Hause. Wir haben eine so unzulängliche Bemannung, dass wir immer noch auf das Schlimmste gefasst sein müssen.«

»Fängt er nicht richtig schon wieder an mit seinen Schwarzsehereien?«, rief Onkel Martin unwillig.

»Aber Kapitän Hammer«, entgegnete Reinhold, »unter den obwaltenden Umständen ist es doch natürlich, mit Sorge in die Zukunft zu sehen.«

»O, ja, natürlich ist's wohl«, versetzte der alte Seemann, »allein, wir müssen zuweilen auch stärker sein, als unsere Natur. Ein sorgenvolles Herz schafft wenig Gutes. Mein Reinhold, frisch drauf und dran und auf Gott vertraut, das ist das Beste für einen Seefahrer! Junge, du hättest doch allen Grund, mit Vertrauen in die Zukunft zu blicken! Denke lieber an das, was wir Gott zu danken haben! Du hast deinen Vater gefunden; dir und uns allen ist das Leben wiederholt wunderbar erhalten worden; Stephens, der ein Werkzeug zu unserer Rettung gewesen ist, musste zwar sterben, hat uns aber Reichtümer hinterlassen. Wir haben unser Schiff wieder erlangt und soeben sogar noch fünf von unseren alten, guten Matrosen, die wie ein Geschenk des Himmels kamen, gerade als wir ihrer am nötigsten bedurften. Wir haben ferner ...«

»Genug, Onkel Martin!«, rief Reinhold. »Verzeih mir! Ich bin ein undankbarer Mensch! Du hast Recht, wie immer. Ich will auch nie wieder klagen! Hier meine Hand darauf!«

Der Alte schlug kräftig ein.

Nachdem die gute Stimmung wiederhergestellt war, ging es an das Bergen des Schatzes. Der Wind war ganz abgeflaut, und das Schiff lag wie in einem Teich. Der Vorsicht halber ließ Reinhold jedoch die Segel aufgeien und einen kleinen Anker in den Grund fallen, da die Einschiffung des Piratenraubes mehrere Stunden erforderte.

Nachdem diese Arbeit getan war, füllte man einige Wasserfässer aus dem Bach, und so verstrich der Tag. Gegen Abend wurde der verunglückte Engländer begraben; mit Anbruch der Nacht hievte man den Anker auf, setzte die Segel und steuerte mit schwachem Wind langsam in die offene See hinaus.

Die fünf Matrosen erholten sich bei sorgsamer Pflege in kürzester Zeit und versahen fortan ihren Dienst so brav und willig, wie zuvor.

Die Bark hatte nun eine Besatzung von neunzehn Köpfen, darunter zehn Schwarze und ein Junge. Die Schwarzen waren nicht ganz unerfahren und zeigten den besten Willen, da sie genau so rücksichtsvoll behandelt wurden, wie die weißen Männer; und der Junge, unser Paul, war über sein Alter gewandt, kräftig und mutvoll; er konnte zur Not seinen »Rudertörn wahrnehmen«, das heißt, mit den anderen abwechselnd zwei Stunden lang das Schiff steuern, er konnte auch die kleinen Segel los- und festmachen und mancherlei andere Leichtmatrosenarbeit verrichten. Immerhin aber war die Bemannung eine unzulängliche, was bei schwerem Wetter und gar bei einem Kampf mit Seeräubern verhängnisvoll werden konnte. Dessen ungeachtet verloren die beiden Kapitäne, Reinhold und Onkel Martin, keinen Augenblick ihre heitere Zuversicht, und so brauste die kleine Bark mit einem günstigen Backstagswind munter durch die kräuselnden Wogen. Der Kurs war auf das Kap der Guten Hoffnung gesetzt.

Zwei Tage waren vergangen, seit die Hoffnung das Eiland verlassen hatte. Wieder sank der Abend herab auf die leicht bewegte See.

Ein weißlicher Dunst lag auf dem Wasser, der selbst in der nächtlichen Finsternis noch sichtbar blieb, schon die nächste Ferne in einen geheimnisvollen, geisterhaften Schleier hüllend.

Als acht Glasen das Ende der sogenannten Hundswache verkündeten, kam Kapitän Hammer an Deck, um Reinhold abzulösen.

»Mein alter Freund Gotthelf gefällt mir von Tag zu Tag besser«, sagte der alte Schiffer, nachdem er einen Blick auf den Kompass geworfen hatte. »Er wünschte mir soeben eine gute Nacht; freilich kennt er mich noch nicht, aber mir scheint, als ob sein Gedächtnis jeden Augenblick erwachen müsste. Wir ...«

Er unterbrach sich und langte schnell das Nachtglas aus den Klampen unter der Kajütskappe.

In demselben Augenblick ertönte die Stimme des Mannes auf dem Ausguck, eines der fünf Matrosen.

»Schiff in Sicht! Backbord voraus!«

Martin Hammer richtete das Glas auf den Nebel. Sein scharfes, schweifendes Auge hatte trotz der Finsternis den Segler bereits erspäht. »Wieder einer von den Halunken!«, rief er. »Merkwürdig, wie sichtig die Luft trotz des Dunstes ist!«

Er gab Reinhold das Teleskop. Der junge Mann musterte das fremde, wie ein gigantischer Schatten erscheinende Fahrzeug und reichte dann das Glas dem Steuermann.

»Wie wollen wir uns nun verhalten?«, fragte er.

»Wir segeln schnurstracks auf den Kerl los, vielleicht geht er uns dann aus dem Weg«, antwortete der Steuermann. »Es bleibt uns nichts anderes übrig. Vielleicht ist er auch nur ein harmloser Kauffahrer.«

Das fremde Fahrzeug, ein großer, nur undeutlich erkennbarer Kasten, legte sich dichter an den Wind. Es zeigte keinerlei Laternen; schwarz und düster ragte es mit seinen drei Masten aus dem wallenden Dunst gegen den sternenglitzernden Himmel empor, ein drohendes Phantom in der Finsternis.

Geräuschlos ließ Reinhold alles klar zum Gefecht machen. Die Schiffe kamen einander immer näher.

»Wir wollen ihm eine Vollkugel zuschicken«, sagte der alte Hammer. »Vielleicht gibt er Fersengeld.«

Reinhold und zwei der Matrosen begaben sich auf die Back und machten die dort befindliche Drehbasse schussfertig. Dann warteten sie, bis der Fremde in sichere Treffweite kam, zielten und brannten los. Die Kugel hüpfte in langen Sätzen quer vor dem Auge des großen Schiffes vorbei, das keine Anstalt machte, einem Gefecht auszuweichen.

Die Entfernung zwischen den Fahrzeugen verringerte sich mehr und mehr. Jetzt fiel ein Schuss von seinem Vordeck; die Kugel traf unweit der Bark das Wasser, prallte ab, übersprang die Backbordreling, schlug ein Loch in die Steuerbordreling und fuhr in die Tiefe. »Jetzt gilt's«, sagte Onkel Martin.

»Achtung bei den Backbordgeschützen, Steuermann!«

Der brave Schlicht hatte die Schwarzen bei den Kanonen postiert und ihnen die Taljen zum Aus- und Einrennen derselben in die Hände gegeben. Die gutwilligen Gesellen wussten sogleich, um was es sich handelte. Zwei der Danziger Matrosen standen mit Lunten bereit, und sie und Schlicht besorgten auch das Richten der Geschütze. Man musste sich zu helfen wissen.

»Fertig, Steuermann?«, rief Kapitän Hammer.

»Fertig!«, lautete die kampffreudige Antwort.

»Sucht dem Kerl die Rahen herunterzuschießen!«, fuhr Hammer fort. »Zielt sorgfältig, Leute, und wenn ihr gut abzukommen glaubt, dann Feuer!«

Die Schüsse donnerten über die See, einer nach dem anderen. Ob der erste traf, war nicht zu erkennen, die beiden folgenden aber zersplitterten die Vormarsrah und die Fockrah. Die mächtigen Holzstücke krachten an Deck nieder, die Segel mit sich reißend und große Verwirrung hervorrufend.

Der Feind blieb die Antwort nicht schuldig. Er feuerte Schuss auf Schuss, so dass an Bord der Bark die Splitter nur so flogen, durch die auch zwei der Schwarzen arg verwundet wurden.

»Wir sind verloren!«, murmelte Reinhold, einen Blick über das Deck werfend, wo die kleine Schar mit verzweifelter Hartnäckigkeit an den Geschützen hantierte. »Mein Gott! Was will der Vater dort?«

Kapitän Gotthelf Winter war auf dem Achterdeck erschienen; sein weißes Haar wehte im Nachtwind, denn er war barhäuptig. Er stützte die Hände auf die Halbdecksgalerie und überflog mit kühlem Blick den Schauplatz des Gefechts. »Ruder nieder!«, kommandierte er dann mit schallender Stimme, den ganz erstaunten Kapitän Hammer gänzlich unbeachtet lassend. »Halfen und Schoten! Los Backbordbrassen! Hol Steuerbordbrassen! Backgeschütz Feuer! Achtung den Deckgeschützen! Feuert, während das Schiff herumkommt!«

Die Bark wendete langsam; alle Mann, Onkel Martin nicht ausgenommen, führten die Kommandos des greisen

Kapitäns mit Schnelligkeit aus, denn es zeigte sich, dass derselbe das Fahrzeug meisterhaft zu handhaben wusste.

Der Fremde hatte vorn ein Notsegel aufgebracht, wodurch das ungefüge Fahrzeug wieder manövrierfähig geworden war. Beide Schiffe segelten jetzt nebeneinander her und gaben sich Breitseite auf Breitseite. Der alte Winter stand wie ein echter Wiking auf seinem Achterdeck, fest entschlossen, zu fechten, so lange sich die Bark noch über Wasser hielt.

Der Gegner aber war übermächtig; das Geschick der *Hoffnung* musste bald entschieden sein.

Plötzlich verschwand der Nebel wie durch Zauberei; die kämpfenden Fahrzeuge mussten die Dunstbank durchlaufen und hinter sich zurückgelassen haben.

In der Sternenhelle konnten die Gegner sich jetzt deutlicher erkennen. Der Pirat war ein Dreimaster von gewaltigen Dimensionen; ob aber Bark oder Vollschiff, das konnten die Leute auf der *Hoffnung* nicht feststellen, da von seinem Kreuztopp nur noch der Untermast stand.

»Schiff in Sicht zu Luvart!«, schrie plötzlich einer der fünf, zum Glück noch unverwundeten Matrosen, die trotz der kaum erst überstandenen Drangsale wie die Löwen fochten.

Ein großes Vollschiff war unbemerkt so nahe herangekommen, dass seine grüne Steuerbordlaterne hell herüber funkelte.

Reinhold sprang in die Großwant hinauf - das Vollschiff war seiner ganzen Erscheinung nach ein Ostindienfahrer.

Welcher Nation mochte es angehören? War er ein Holländer, ein Engländer, ein Franzose oder gar ein Preuße?

Seine Bauart war nicht zu erkennen.

Auch der Pirat hatte den neuerschienenen Segler wahrgenommen und schickte sich nun an, der Bark in aller Eile den Rest zu geben. Unter fortwährendem Feuern brachte er auf der Leeseite seine Boote zu Wasser, die gleich darauf mit Bewaffneten dicht angefüllt, auf die *Hoffnung* zuruderten.

Auf ein Gefecht Mann gegen Mann konnte unsre kleine Bark sich nicht einlassen.

Kapitän Gotthelf Winter musterte die feindlichen Boote, dann schien er seine eigene Mannschaft zu zählen.

»Vierkant brassen!«, kommandierte er.

Die Rahen schwangen herum, die zerschossenen Segel füllten sich und platt vor dem Wind floh die Bark davon.

»Einholen werden sie uns schwerlich bei dieser Brise«, murmelte der tapfere Greis.

An Deck standen nur noch zwölf kampffähige Streiter.

Nachdem die Bark eine Strecke gelaufen war, so dass die Kugeln des Feindes sie nicht mehr erreichen konnten - das Piratenschiff lag wieder hilflos, da die Notrah niedergebrochen war - ließ Kapitän Winter wieder anluven und aus den Steuerbordgeschützen nach den Booten feuern. Gleich der erste Schuss, von Schlicht abgegeben, brachte eines derselben zum Sinken; seine Mannschaft wurde von den andern beiden Booten eingesammelt, die sodann zum Schiff zurückruderten, denn der Ostindienfahrer war bereits nahe herangekommen, und das Räuberschiff musste sich demnächst zwischen zwei Angreifern befinden.

Trotz alledem zeigten die Banditen keine Lust, den Kampf abzubrechen. Sobald sie ihr Vorgeschirr wieder einigermaßen hergerichtet hatten, segelten sie von neuem auf die *Hoffnung* zu und eröffneten aus den Backbordgeschützen ein verheerendes Feuer gegen das arme Fahrzeug.

Der Klüverbaum wurde weggeschossen, dann traf eine Kugel die Gaffel, die samt dem Besan und der Flagge herabstürzte, dass der Mann am Ruder sich kaum wieder aus den Falten des Segels herauszuwickeln vermochte. Ein anderer

Schuss zerschmetterte achter dem Großmast die Reling und ein Boot.

Die Not war groß. Wohl stand der alte Kapitän unerschüttert auf seinem Posten, wohl sprangen Onkel Martin, Reinhold und der Steuermann unermüdlich von Geschütz zu Geschütz, wohl führten die Danziger Fünf die Segelmanöver mitübermenschlicher Kraftanstrengung aus, allein lange konnte die Handvoll Leute den ungleichen Kampf nicht mehr bestehen.

Paul hatte sich auf den strengen Befehl aller drei Kapitäne ins Hellegatt zurückziehen müssen, wo er, tief unterhalb der Wasserlinie, von keiner Kugel erreicht werden konnte.

»Zielt auf seinen Großmast!«, rief Kapitän Winter seinen Kanonieren zu. »Zielt sicher und feuert zugleich!«

Die kämpfenden Schiffe waren kaum noch eine Viertelmeile voneinander entfernt.

Das Feuer der Bark schwieg einige Augenblicke, dann aber krachten drei Schüsse beinahe auf einen Schlag. Das Zielen war schwierig gewesen, da das Schiff ziemlich stark schlingerte. Ein Schuss hatte den Großmast des Feindes getroffen und arg zersplittert; der zweite war ihm zwischen Wind und Wasser in den Rumpf gegangen und musste ein mächtiges Loch gerissen haben. Der Dritte hatte eine blutige Gasse in die dichtgedrängte Mannschaft gepflügt. »Hurra!«, rief Onkel Martin. »Noch einmal so, dann sind die Schufte kuriert!«

Und noch einmal donnerten die drei Geschütze, Onkel Martin aber stieß kein Jubelgeschrei mehr aus, denn er lag blutend an Deck; eine Piratenkugel hatte ihm das rechte Bein unterhalb des Knies weggerissen.

Mit einem Ruf des Schreckens sprang Reinhold dem Freund zu Hilfe. Aus einem Holzsplitter und seinem

Taschentuch verfertigte er ein Tourniquet, mit dem er den Beinstumpf so fest umwand, dass die Blutung aufhörte; dann trug er, von einem Matrosen unterstützt, den Verwundeten unter Deck.

Von der Kajüte aus hörte er draußen den Steuermann schreien: »Hurra! Der Indienfahrer ist ein Landsmann! Hurra! Hurra! Hurra!«

Dann krachte eine Breitseite aus der Ferne - der Landsmann hatte den Seeräuber von der anderen Seite gefasst.

Nachdem Reinhold den alten Schiffer in seine Koje gebettet hatte, sprang er wieder an Deck. Er erschien gerade zur rechten Zeit, um die Mannschaft des Piratenfahrzeugs in ihren Booten eiligst das Weite suchen zu sehen. Einige Schüsse krachten hinter denselben her, dem Anschein nach nicht ohne Erfolg. In der Dunkelheit waren die kleinen Fahrzeuge bald aus Sicht.

Der nächtliche Kampf war beendet.

Völlig erschöpft sanken die wackeren Streiter der *Hoffnung* nieder, wo sie sich gerade befanden, um sich der Ruhe zu überlassen. Reinhold und der Steuermann senkten die Gefallenen in das weite Seemannsgrab, das Meer; dann sahen sie nach den Verwundeten, und als endlich alles getan war, was getan werden konnte, da verkündete der gerötete östliche Horizont den nahen Aufgang der Sonne.

Jetzt schaute sich Reinhold nach seinem Vater um. Der lehnte an der Reling und verwendete keinen Blick vom Retter in der Not, dem stolzen Vollschiff, das an der Gaffel die preußische Adlerflagge und im Vortopp die Flagge von Danzig, die beiden Kreuze auf der Fürstenkrone darüber, führte.

Reinhold trat herzu. »Vater, liebster Vater!«, rief er mit vor Erregung bebender Stimme.

Der Alte wendete den Kopf und sah ihn an. Sein Blick war freundlich, aber fremd und wie abwesend.

Eine Träne drängte sich in Reinholds Auge.

»Liebster Vater, kennst du mich denn noch immer nicht?«, sagte er schmerzlich. »Schau mich doch recht an! Ich bin ja dein Sohn Reinhold!«

»Reinhold«, wiederholte der Alte sinnend. Dann schüttelte er langsam den Kopf und heftete den Blick von neuem auf den Indienfahrer. Das verkrüppelte Piratenschiff war eine Strecke abseits getrieben. »O, Vater, erkenne mich doch!«, flehte Reinhold weinend. »Sieh, dort ist auch Paul, unser kleiner Paul!«

Paul stand mittschiffs bei einem der verwundeten Schwarzen, eifrig bemüht, demselben Wasser einzuflößen.

Kapitän Winter drehte sich wieder herum. »Paul ...«, sagte er, die Züge seines Ältesten musternd. »Nein, Paul ist's nicht.«

Und abermals schüttelte er das Haupt mit der langen weißen Mähne.

»Ich bin Reinhold, Vater, dein Sohn Reinhold!«

»Reinhold, Reinhold an Bord des *Hochmeister*, mein altes Schiff ist sehr verändert. Nein, junger Mann, der ist hier nicht an Bord. Was mag das da für ein Schiff sein?«

Er wies auf den Dreimaster, der inzwischen auf Rufweite herangekommen war.

»Bark ahoi!«, rief der Kapitän des Danzigers herüber. »Wer seid ihr?«

»Der *Hochmeister* von Danzig!«, antwortete Kapitän Gotthelf Winter mit Stentorstimme.

»Nein, wir sind die *Hoffnung* von Danzig!«, rief Reinhold. »Wir bitten dringend um einen Arzt und einige Matrosen!«

Der Kapitän des Vollschiffs wechselte einige Worte mit seinen Offizieren, dann ließ er ein Boot zu Wasser bringen, das zehn Minuten später unter der Fallreep der Bark anlegte. Der Obersteuermann und der Arzt des Dreimasters schwangen sich hinauf, warfen prüfende Blicke über das Deck und begaben sich nach hinten. Hier trat ihnen Reinhold entgegen.

»Herzlichen Dank für Ihres Schiffers und Ihre Bereitwilligkeit!«, sagte er. »Vor allen Dingen bitte ich den Herrn Doktor, nach einem Schwerverwundeten zu sehen, der unten in der Kajüte liegt. Wollen Sie mir folgen?«

Während die beiden unter Deck waren, trat der Obersteuermann an Reinholds Vater heran. Kaum aber hatte er denselben näher angeschaut, als er ganz erstaunt und betroffen stehen blieb. »Dunnerlüchting!«, rief er. »Sehe ich recht? Ist das Kapitän Winter oder ist er es nicht? Sind Sie wirklich damals mit dem Leben davongekommen? Oder ist's vielleicht nur eine Ähnlichkeit? Nein, ich kann mich nicht irren! Sie sind der Kapitän Gotthelf Winter und kein anderer!«

Siebzehntes Kapitel.

Ein alter Bekannter. - An Bord des »Langfuhr«
Ruf dem Strohdeich. - Daheim.

Das Danziger Vollschiff führte den Namen *Langfuhr*. Es war auf der Heimreise von Bombay aus seinem Kurs verschlagen worden und so in die Lage gekommen, der *Hoffnung* Beistand zu leisten.

Die Verschiedenheit der Antworten, die dem Schiffer auf seinen Anruf zu teil geworden, hatten ihn ein wenig stutzig gemacht, trotzdem aber sah er sich durch Reinholds Bitte bewogen, die begehrte Hilfe zu senden.

Kapitän Winter blickte den Steuermann des *Langfuhr* starr und zweifelnd an. Er stützte die Linke auf die Reling und strich sich mit der Rechten wiederholt über das Gesicht.

Die Stimme des Mannes dünkte ihm bekannt.

Wer war er doch? Gesehen hatte er ihn schon irgendwo. Warum konnte er sich nicht seinen Namen ins Gedächtnis zurückrufen? »Ich muss Sie kennen«, murmelte er, »ja, ich muss Sie kennen ... Sie sind ... mein Gott, wer sind Sie doch?«

»Ich bin Elfeld, ehemals Ihr Obersteuermann an Bord des *Hochmeister*. Wie wurden sie damals gerettet, Kapitän Winter? Und wie kommen Sie hierher auf diese Bark? Wie heißt sie eigentlich? Doch sicherlich nicht *Hochmeister*? Der junge Mann, der mit dem Doktor in die Kajüte ging, nannte sie die *Hoffnung*. Was ist nun richtig?«

»Elfeld«, sagte der alte Mann verloren vor sich hin. »Steuermann Elfeld, ich erinnere mich. Steuermann Elfeld ertrank mit all den anderen, die in die Boote gingen. Ich entsinne mich, ganz recht. Da war eine Insel, ein felsiges Eiland, wo ich, ganz recht, wo ich so großen Hunger litt.«

Elfeld erkannte, dass des alten Kapitäns Geist gelitten hatte. Er sah ihn voll herzlichen Mitleids an. Und dennoch, an Vernunft konnte es ihm nicht fehlen, da er ja die Bark im Gefecht kommandiert hatte. Es handelte sich also vielleicht nur um eine Gedächtnisschwäche.

In diesem Augenblick kam Schlicht in Lee die Achterdeckstreppe herauf und begrüßte den Obersteuermann.

»Was sind Sie hier an Bord?«, fragte dieser.

»Ich musterte in Danzig als zweiter Steuermann«, lautete die Antwort; »gegenwärtig bin ich alles in allem - Koch, Kanonier, Kajütsjunge und erster Offizier.«

»Sie heißen?«

»Mein Name ist Peter Schlicht.«

»Wie heißt diese Bark?«

»Die *Hoffnung*.«

»Und Gotthelf Winter ist der Schiffer, nicht wahr?«

»Nein, unser Kapitän ist Reinhold Winter, Gotthelf Winters Sohn.«

»Also nicht der alte Herr da?«

»Nein, dessen Sohn.«

»Und wo ist der?«

»In der Kajüte.«

»O, der junge Mann, der unseren Doktor hinunterführte?«

»Derselbe.«

»Und Ihr Name?«, fragte jetzt der Steuermann der *Hoffnung*.

»Mein Name ist Elfeld, ich bin der Obersteuermann des *Langfuhr*.«

»Dann bitte ich Sie, Obersteuermann Elfeld, ihre Bootsmannschaft anzuweisen, uns beim Aufklaren und Ausbessern ein wenig zu helfen. Sie sehen ja selber, wie schauderhaft man uns zugerichtet hat.«

»Das soll sogleich und gern geschehen.«

Elfeld trat an die Reling und erteilte den Matrosen im Boot die nötigen Befehle. Die Leute sprangen an Deck und machten sich, unter Leitung Schlichts, an die Arbeit.

Nunmehr stieg der Obersteuermann in die Kajüte hinab. Dort kam ihm Reinhold entgegen und unmittelbar hinter demselben Paul.

»Jetzt erst erkenne ich Sie«, sagte der andere. »Sie sind der Obersteuermann Elfeld von meines Vaters Schiff *Hochmeister*. Das hier ist mein Bruder Paul; meinen Vater haben sie schon an Deck begrüßt. Hat er Sie erkannt? Welch ein seltsames Zusammentreffen!«

»Kapitän Winter hat mich nicht erkannt«, antwortete Elfeld. »Was sagt der Doktor zu Ihrem Verwundeten?«

»Er gibt uns die beste Hoffnung. Übrigens ist der auch einer ihrer ehemaligen Bekannten - Kapitän Martin Hammer.«

»Keppen Hammer auch hier!«, rief der Steuermann. »Das ist aber doch wunderbar!« Und im Übermaß seines Erstaunens setzte er sich nieder und starrte ganz verwirrt um sich.

Reinhold erzählte ihm nun in kurzen Worten von der Flaschenpost seines Vaters, von der Ausrüstung der *Hoffnung*, von den beiden aufgefischten englischen Matrosen, von der Wegnahme der Bark durch die mosambikischen Seeräuber, von ihrer Wiedererlangung, von der Auffindung des Vaters auf der wüsten Felseninsel und von dem Schatz der Piraten. Zuletzt erwähnte er den bedauerlichen Geisteszustand des alten Herrn.

»Das ist nur vorübergehend«, meinte der Steuermann. »Noch ehe Sie nach Danzig kommen, wird er ganz der Alte sein. Ich erinnere mich, von einem ähnlichen Fall gehört zu haben. Da dauerte die Sache ungefähr zwei Monate, dann war der Mann gänzlich wiederhergestellt.«

»Das gebe Gott!«, seufzte Reinhold. »Wie sind Sie aber damals den Meuterern entronnen?«

»Kapitän Winter befahl uns in die Boote zu gehen«, berichtete Elfeld. »Ich wollte ihn nicht verlassen, musste jedoch endlich seiner strengen Weisung folgen. Beim Abschied reichte er mir seine Taschenuhr. »Hier, Elfeld«, sagte er, »nimm sie und gib sie meinem Reinhold, wenn du wieder nach Danzig kommst, als ein Andenken an seinen Vater.« Die Uhr aber wurde mir während der Bootsfahrt über Nacht gestohlen; ich habe immer einen der englischen Matrosen, einen Mann namens Gonnor, in Verdacht gehabt und auch noch heute halte ich ihn für den Dieb. Der Kerl verließ nämlich schon am nächsten Tag unter irgend einem Vorwand mein Boot und ließ sich von dem anderen aufnehmen.«

»Hier ist die Uhr!«, sagte Reinhold, dieselbe aus der Tasche ziehend. »Gonnor war der Dieb. Wir fanden sie in dem hinteren Sitzkasten des Bootes, das wir auffischten.«

»Wunder über Wunder!«, rief der Steuermann, die Hände zusammenschlagend. »So was kann auch nur auf See passieren! Also, unser Boot wurde damals sehr bald durch die starke Brise von dem andern getrennt, und ich halte das für ein Glück, denn sonst wäre ich wahrscheinlich in Gefahr gekommen, die Wertkisten zu verlieren, die Kapitän Winter mir anvertraut hatte. Wer weiß, ob Gonnor sich nicht an Bord des zweiten Bootes setzen ließ, um die Mannschaft desselben zu dem Raub aufzustacheln. Nach kurzem Umhertreiben nahm uns ein holländisches Schiff auf und brachte uns nach Madras, wo zufällig auch der *Langfuhr* lag. Der Kapitän desselben, Dragheim, war mir seit langen Jahren bekannt. Ich überlieferte ihm die Wertkisten, und da er seinen Steuermann durch eine Sturzsee verloren hatte, konnte ich an dessen Stelle treten. So kam es, dass wir uns alle heute und hier treffen mussten.«

Reinhold blickte sinnend vor sich nieder.

»Dies ist meine erste Seereise«, sagte er dann. »Nimmermehr hätte ich geglaubt, dass dieselbe so reich an Abenteuern und schrecklichen Erlebnissen sein würde! Aber ihr Zweck ist erreicht; Gotttlob, ich habe meinen Vater gefunden!«

»Ich bewundere Sie, Keppen Reinhold!«, sagte der Steuermann. »Mancher grauhaarige Schiffer hat das nicht vollbracht, was Sie gleich auf Ihrer ersten Reise ausgeführt haben.«

Reinhold erhob abwehrend die Hände. »Wenn Sie das im Ernst sagen, so irren Sie gewaltig, Steuermann Elfeld«, entgegnete er. »Wenn hier jemand zu loben ist, so ist das Onkel Martin; denn was hätte ich ohne dessen Rat und Beistand wohl beginnen sollen? Und nun liegt er dort in seiner Kammer, zeitlebens verkrüppelt! Ein schlimmer Dank!«

»Nun, wie ich Keppen Hammer kenne, so achtet er den Verlust eines halben Beines gering, gegenüber der Freude, seinen alten Freund Winter errettet zu haben«, versetzte Elfeld. »Wenn wir Ihren Vater nur erst wieder richtig seeklar hätten. Merkwürdig eigentlich, dass er mich nicht erkannt hat. Weiß er denn, auf welchem Schiff er sich befindet?«

»Er wähnt auf dem Hochmeister zu sein«, sagte Paul, der so lange schweigend zugehört und nur ab und zu an Onkel Martins Kammertür gelauscht hatte. »Über meine Wenigkeit zerbricht er sich fortwährend den Kopf; man könnte darüber lachen, wenn es nicht so traurig wäre. Manchmal glaubt er, dass ich Paul sei; dann aber kann er nicht klug daraus werden, wie es zugeht, dass ich hier an Bord des *Hochmeister* bin.«

»Wenn man ihm die Dinge ganz genau im Zusammenhang vorstellen könnte, dann würde es ihm wohl hell im Kopf werden«, meinte Elfeld. »Er ist durchaus nicht geisteskrank, er ist nur verwirrt, und dazu fehlen ihm hier und da Glieder in der Kette der Erinnerungen. Aber meine Zeit ist um. Ich muss zurück auf mein Schiff und Keppen Dragheim Bericht erstatten. Ich lasse Ihnen sechs von meinen Leuten hier; zwei genügen, mich an Bord zu rojen. Begleiten Sie mich, Keppen Reinhold; mein Schiffer wird Ihnen gern jeden Beistand leisten.«

Reinhold zögerte nicht, den Vorschlag anzunehmen.

Kapitän Dragheim empfing ihn mit herzlicher Teilnahme.

Er und seine Passagiere lauschten der Erzählung des jungen Mannes mit gespanntem Interesse. »Mein armer Freund Winter!«, rief der Schiffer immer wieder, und als Reinhold nach der Bark zurückkehrte, kam er mit ihm.

Kapitän Gotthelf Winter marschierte auf dem Achterdeck hin und her. Als er des Führers der *Langfuhr* ansichtig wurde, blieb er stehen. »Dragheim! Täuschen mich meine Augen? Wie kommen Sie hierher? Ist der Indienfahrer dort drüben Ihr Schiff? Wie heißt er?«

»Das ist ja der *Langfuhr*, Freund Winter«, versetzte der andere Schiffer, Winters Hand ergreifend und herzhaft schüttelnd. »Der alte *Langfuhr* - Sie haben ihn ja auch einmal kommandiert, so zehn Jahre mag's her sein, ist's nichts so?«

»Ich erinnere mich, ganz recht«, sagte Winter, nachdenklich die Stirn runzelnd. »Ich machte damals eine Reise nach der Westküste von Südamerika. Bei der Fahrt um's Kap Horn verloren wir die Vormarsstenge und die

Großbramstenge, ja, ja, ich erinnere mich. Und den alten *Langfuhr* fahren Sie jetzt?«

»Den fahre ich jetzt«, lachte Dragheim. »Sie aber haben den *Hochmeister* durch Meuterei verloren, wie mir erzählt wurde. Na, es ist nur gut, dass Sie mit dem Leben davongekommen sind. Nun einen Vorschlag, Freund Winter. Sie kommen zu mir an Bord, und ich versehe Sie mit neuen Kleidern; Sie brauchen eine ganz frische Ausstattung. Keine Widerrede, Freund! Sind Sie bereit?«

»Ich bin bereit«, antwortete Gotthelf Winter, einen zögernden Blick um sich werfend. »Zuerst aber möchte ich da vorn einen neuen Klüverbaum ausbringen lassen.«

»Dafür lassen Sie Ihren Steuermann und meine Matrosen sorgen«, unterbrach ihn der andere.

Nun fügte er sich geduldig und folgte dem Kapitän des *Langfuhr* ins Boot und an Bord des Indienfahrers, wo er bald, neu ausstaffiert, behaglich im Kreis der Passagiere saß, mit denen er sich ruhig und verständig unterhielt.

Kapitän Dragheim hatte indessen eine Unterredung mit seinem Obersteuermann. »Kapitän Reinhold Winter ist willens, die Fahrt bis zum Kap mit seinem Vater und seinem Bruder hier an Bord des Langfuhr zu machen«, sagte er. »Kapitän Hammer kann einen Transport nicht vertragen, muss daher auf der Bark bleiben. Ich lasse den Doktor bei ihm. Sie, Steuermann Elfeld, gehen mit zwanzig von unseren Leuten an Bord der *Hoffnung* und bringen sie nach Kapstadt. Ich werde mit dem *Langfuhr* möglichst in Ihrer Gesellschaft bleiben. In Kapstadt findet Keppen Reinhold den nötigen Ersatz an Mannschaften. Verstanden, Freund Elfeld?«

»Vollkommen, Kapitän.«

»Schön. Wollen Sie noch einen von unseren Steuerleuten mitnehmen? Oder vielleicht den Bootsmann?«

»Ist nicht nötig, Kapitän. Steuermann Schlicht von der *Hoffnung* ist ein tüchtiger Mann, der genügt mir.«

»Umso besser. Wählen Sie die Leute aus, die Sie haben wollen. Noch eins. Ich möchte wissen, wie es mit dem Seeräuberschiff steht, das dort drüben nach Lee wegtreibt. Ich meinte erst, es würde wegsinken, allein es scheint, als wolle es sich doch über Wasser halten. Außerdem kommt mir der Kasten trotz seines jämmerlichen Zustands, merkwürdig bekannt vor. Also fix, Elfeld, überholen Sie ihn und bringen Sie mir dann Nachricht.«

»Soll geschehen, Kapitän.«

Wenige Minuten später erkletterte Elfeld das Piratenfahrzeug. Dasselbe war öde und leer. Die fliehende Besatzung hatte nicht einmal ihre Toten zurückgelassen. Die Geschosse der *Hoffnung* und des *Langfuhr* hatten schreckliche Verwüstungen angerichtet. Aber nicht diese fesselten die Aufmerksamkeit des Steuermannes, der wie gebannt mittschiffs stehenblieb.

»Wie ist mir denn?«, sagte er, die Hand an die Stirn legend, zu sich selber. »Kenn ich das Schiff denn nicht? Bin ich jene Achterdeckstreppe nicht hundertmal auf- und abgelaufen? Beim Allmächtigen, das Schiff hier ist der *Hochmeister*! Dies ist fürwahr ein Tag der Wunder!«

Und in hellem Eifer begann er jetzt das Schiff zu untersuchen. Zunächst eilte er in den Raum hinab, um zu erforschen, ob dort ein Leck zu finden sei. Es stellte sich heraus, dass die Breitseite des Langfuhr verschiedene Löcher gerissen hatte, die jedoch von den Piraten mit großem Geschick wieder dicht gemacht worden waren, so dass das Schiff sich noch lange flott erhalten konnte. Er durchspähte die Kajüte und die übrigen Gelasse und kehrte dann an Bord des Langfuhr zurück.

Das Erstaunen, das seine Meldung hier hervorrief, ist nicht zu beschreiben. Kapitän Gotthelf Winter hatte sich sein altes Schiff tatsächlich wiedererobert, ohne es zu wissen! Lange überlegte man, was mit dem so übel zugerichteten Indienfahrer anzufangen sei. Endlich aber entschloss sich Kapitän Dragheim, auch dieses Schiff notdürftig zu bemannen, so dass es vorläufig wenigstens bis nach Kapstadt gebracht werden konnte.

So geschah es, dass die drei Danziger Schiffe die Reise nach dem Kap in Gemeinschaft machten.

Der Verkehr mit den Passagieren übte einen besonders günstigen Einfluss auf Gotthelf Winter aus. Der Steward des *Langfuhr* hatte ihm Haar und Bart zurechtgestutzt, die gute Pflege hatte ihm die alte, blühende Gesichtsfarbe wiedergegeben, und so erinnerte in seinem Äußeren nichts mehr an die überstandene Leidensperiode; freilich die gebleichten Haare ließen sich nicht wieder dunkel färben. Reinhold und Paul beobachteten den Vater mit inniger Freude; er wollte sie stets bei sich sehen, er liebte sie herzlich, und die Momente, wo er dann zweifelte, dass sie seine Söhne seien, kamen immer seltener.

Ehe man das Kap erreichte, hatte er seine Geschichte in vollständigem Zusammenhang erzählt - die Meuterei, seine Flucht im Boot, seine schrecklichen Leiden während der langen Fahrt, das Jammerleben auf dem Piratenschiff, das endliche Landen auf der Felseninsel und das elende Dasein in der Höhle.

Dann aber kam eine Lücke in seinem Gedächtnis, bis zu dem Augenblick, wo er das Achterdeck der Bark betrat, um das Gefecht zu leiten. Nach und nach aber überwand er auch diese Schwäche; er wurde wieder ganz der Alte, und es war rührend anzusehen, wie jetzt der Vater und die Söhne in ihrer Liebe zu einander vollständig aufgingen.

Oft, wenn die Sonne glühend ins Meer sank, stand er mit ihnen auf dem Achterdeck, jeden mit einem Arm umschlungen; so verharrten sie lange und schweigend, nur die Tränen in ihren Augen zeugten von dem, was in ihren Herzen vorging.

»Meine lieben, braven Jungen!«, murmelte er dann wohl. »Gott wird euch vergelten, was ihr an eurem Vater getan!«

Die Söhne aber umarmten ihn inniger, und mancher der rauen Matrosen musste sich heimlich die Augen wischen, wenn er die drei so stehen sah und der Schicksale gedachte, die ihnen beschieden gewesen waren.

Inzwischen war die *Hoffnung* so gut wie möglich ausgebessert worden. Man hatte Reservespieren aufgebracht, neue Segel untergeschlagen und das stehende und laufende Gut gespleißt und teilweise ersetzt. Ein gleiches war mit dem *Hochmeister* geschehen. Der Wind blieb leicht und günstig, was auch dem armen Invaliden, dem Onkel Martin, zu gute kam, da die Heilung des Beinstrumpfes bei der ruhigen Fahrt ganz normal von statten ging.

Als man in Kapstadt angelangt war, wurden die Schwarzen an Land geschafft und reich beschenkt entlassen.

Da sich zufällig herausstellte, dass ein englisches Haus allerlei Kolonialwaren für Hamburg und Danzig zu verschiffen hatte, so ergriff Reinhold die Gelegenheit und lud sein Schiff voll bis unter die Decksbalken.

Der Piratenschatz blieb unberührt im Geheimverschluss, unter der Obhut des Steuermanns Schlicht.

Die Hilfsmannschaft der *Hoffnung* kehrte auf den *Langfuhr* zurück, und an ihrer Stelle heuerte Reinhold die nötige Besatzung aus der Menge der in Kapstadt stellenlos herumlungernden Janmaaten aller Nationen.

Der *Hochmeister* aber musste in Kapstadt bleiben, um hier einer langwierigen Reparatur unterzogen zu werden. Der brave Ostindienfahrer war in den Händen der Piraten zur Vogelscheuche geworden. Sein Rumpf zeigte kaum noch eine Spur von Farbe; die Pardunen und Wanten waren verwittert und zerfasert, das laufende Gut geknotet und abgenutzt, die Segel zerschlissen, kurz, der *Hochmeister* war äußerlich nur noch ein Schatten seines ehemaligen Selbst. Da aber das Eichenholz seiner Spanten und Planken sich noch kernfest zeigte, so lohnte es sich wohl, ihn wieder auszubessern, und das gute Schiff hat später auch noch manche lange Fahrt gemacht. Wir aber nehmen hier von ihm Abschied, da wir unsere Freunde nach Hause geleiten müssen.

Auf der Heimreise führte der junge Schiffer seine *Hoffnung* wieder selber. Elfeld blieb als Berater bei ihm an Bord, da Onkel Martin die Kajüte noch nicht verlassen konnte. Als man jedoch in die Nordsee einlief, stampfte er bereits in alter Rührigkeit auf einem vom Steuermann Schlicht künstlich angefertigten Stelzfuß an Deck herum.

Gleichzeitig passierten die Schiffe das Skager Rack und das Kattegatt, und gleichzeitig sichteten sie das Feuer von Hela - den winkenden Gruß der alten Heimat.

Auf der Ambrosiusschen Werft, am äußersten Ende der Landzunge, in die der Strohdeich ausläuft, dort, wo die Mottlau sich in die breite Weichsel ergießt, standen Hand in Hand zwei Menschenkinder, eine Jungfrau und ein junger Mann, Philipp Ambrosius und Luise Winter.

Es war Abend. Von den Strahlen der sinkenden Sonne rot angestrahlt lag auf dem östlichen Ufer des Strandes die

Nehrung mit den auf derselben zerstreut stehenden Gebäuden.

Die Dächer der altersgrauen Stadt drüben, jenseits der Festungswerke, erschimmerten hier und da noch wie vergoldet, am lebhaftesten aber erwiderte das strahlende Kreuz auf dem Turm der Marienkirche den warmen Scheidegruß der Sonne.

Draußen auf dem Strom lagen in zwei langen Reihen die Schiffe, teils zu anker, teils an mächtigen Pfählen vertäut.

Ein Fahrzeug musste soeben noch binnengekommen sein, das erkannten die beiden jungen Leute an dem schwach herüberschallenden Gesang der Matrosen, die die Segel aufgeiten.

Es war der Ostindienfahrer *Langfuhr*; Philipp und Luise wussten dies nicht, hätten sie es aber gewusst, so würde sie das nicht sehr interessiert haben. Ihre sehnenden Gedanken waren nur auf ein Fahrzeug gerichtet, auf die Bark *Hoffnung*, die vor langen Monaten ausgelaufen war, und von der sie seit jener Zeit nichts mehr gehört hatten.

Während der letzten Wochen pflegten Philipp und Luise sich jeden Morgen und jeden Abend an diesem Ort einzufinden; hier konnten sie einen Teil der einlaufenden Schiffe sehen und die vorüberkommenden Boote derselben anrufen.

Auch heute Abend hatten sie lange und schweigend gestanden und den Fluss hinabgeschaut.

Die Sonne war untergegangen; grau lagerten sich die Abendschatten auf das Wasser, und drüben, auf der Stadtseite, blinkte bereits hier und da ein erleuchtetes Fenster.

Da kam ein Boot herangerudert; regelmäßig und dumpf ruckten die Riemen in den Dollen.

»Lass uns heimgehen, Luise«, sagte Philipp. »Der Nebel steigt aus dem Fluss, und es wird kühl.«

»Noch einen Augenblick, Philipp! Lass das Boot dort erst vorüber. Ich möchte sehen, wer darin ist.«

Der junge Mann fügte sich, einen Seufzer unterdrückend. Wie viele Boote hatten sie schon mit hungrigen Blicken herankommen und vorbeirojen sehen!

Dieses Boot aber schien der Werft näher und näher zu kommen. Das Mädchen presste die Hand auf das Herz. Täuschte sie sich? Es war schon so dunkel.

Nein, sie täuschte sich nicht. Das Boot hielt auf die hölzerne Treppe ab, die von der Werft zum Fluss hinabführte.

»O, Philipp!«, stieß Luise hervor.

Das Boot steuerte den Stufen zu, und eine Knabengestalt erhob sich im Achterteil, den Hut schwenkend.

»Hurra! Luise!«, kam es fröhlich und frisch aus jugendlicher Kehle. »Luise, ich bin's! Paul!«

»Wer - wer ist das?«, sagte das Mädchen mit stockendem Atem, sich fest an ihres Begleiters Arm klammernd.

»Paul ist's, unser Paul, dein Bruder!, jubelte Philipp, hastig zur Treppe schreitend. »Gott sei Dank! Nun ist alles gut!«

»Aber er kommt allen. Ach, Philipp, wenn die andern tot wären…«

»Dann wäre Paul auch nicht hier. Beruhige dich, Luise. Nun hat alles Leid ein Ende!«

Sie winkte dem Herankommenden mit ihrem Taschentuch.

»Ob sie auch den Vater mitbringen, Philipp?«
»Geduld, Luise; wir werden sogleich alles erfahren.«

Das Boot legte an, Paul sprang die Stufen herauf. Mit einem Jubelruf warf er sich in der Schwester Arme.

Es verging eine ganze Zeit, ehe die ersten zusammenhängenden Worte gesprochen werden konnten.

Dieser große, sonnenverbrannte junge Mensch war Paul? Der kleine Paul, der vor vierzehn Monaten von ihr Abschied genommen hatte? Noch einmal drückte sie ihn ans Herz, dann aber fragte sie: »Und unser Vater, Paul?«

Ihre Blicke hingen an seinen Lippen.

»Den haben wir mitgebracht, Schwesterchen!«, rief der Junge in stolzem Triumph. »Und munter und gesund obendrein!«

Das Mädchen hob die Augen in stummem, heißem Dank empor zum Himmel, an dem bereits die Sterne funkelten.

Jetzt erst fand Paul Zeit, Ambrosius die Hand zu schütteln. »Und Kapitän Hammer?«, fragte dieser. »Er ist doch nicht tot?«

In banger Erwartung sah Luise den Bruder an.

»O, bewahre, tot ist er nicht«, antwortete Paul. »So leicht ist Onkel Martin nicht unterzukriegen. Nein, nur ein Bein haben die Piraten ihm abgeschossen, das heißt nur ein halbes; sonst ist er so fidel und gesund, wie immer. Und Schätze haben wir dir mitgebracht, Luise, Gold und Silber und Edelstein, kannst auch was abkriegen, Philipp!«

»Du hast uns aber noch kein Wort von Reinhold gesagt, Paul!«, rief Luise vorwurfsvoll.

»O, Keppen Reinhold befindet sich äußerst wohl. Eine Zeit lang waren wir allerdings recht besorgt um ihn, da schien es, als wäre er ein wenig durchgedreht - durchgedreht, weißt du, sagt man, wenn das Schiff durch den Wind geht, so dass die Segel alle backschlagen, was gewöhnlich vom schlechten Steuern kommt. Er hat sich aber bald wieder erholt.«

»Wo liegt die *Hoffnung*?«, fragte jetzt Philipp.

»Wo die *Hoffnung* gegenwärtig ist, das weiß ich nicht.«

»Das weißt du nicht?!«, riefen Luise und Philipp zugleich. Dann schauten sie einander verständnislos an.

Paul lächelte. »Ich bin nämlich gar nicht mit der *Hoffnung* gekommen«, bemerkte er ruhig.

»O, Paul!«, rief Luise. »Du spannst uns auf die Folter!«

»Nun, ich bin ganz einfach mit dem *Langfuhr* hier eingelaufen, zusammen mit unserem Vater. Wir sind erst vor einer halben Stunde zu Anker gegangen. Reinhold kommt mit seiner *Hoffnung* nach. Bis Hela segelten beide Schiffe zusammen, dann passierte der Bark etwas am Segelwerk, ich glaube, die Vorbramstenge knickte ab, denn die war noch schadhaft von dem letzten Gefecht mit dem *Hochmeister* - Reinhold musste zurückbleiben. Morgen wird er jedoch sicher hier sein. Er bringt auch Onkel Martin mit.«

»Gefecht mit dem *Hochmeister*?«, fragte Philipp. »Du bist doch noch bei gesunden Sinnen, Paul?«

»Daran wirst du hoffentlich nicht zweifeln, mein guter Philipp«, entgegnete Paul lächelnd. »Wir haben uns mit dem *Hochmeister*, diesem verwünschten Piraten, gewaltig herumgeschlagen - aber gesiegt haben wir doch, weil kein Geringerer als unser Vater selber, uns kommandierte.«

»Die *Hoffnung* gegen den *Hochmeister* - verzeih, Paul, wenn ich das nicht verstehen kann ...«

»Wirst es mit der Zeit schon begreifen«, antwortete Paul gönnerhaft. »Auf See passieren eben Dinge, von denen sich selbst die schlaue Landratte nichts träumen lässt.«

* * *

In der Frühe des nächsten Morgens kam Kapitän Gotthelf Winter an Land.

Die Freude des Wiedersehens war unbeschreiblich, ich unterlasse es daher, sie zu schildern.

Die Familie Winter bezog wieder das Haus in der Jopengasse, und hierher wurde auch der Piratenschatz geschafft.

Die Bevölkerung Danzigs erfuhr jedoch nicht eher etwas von dieser reichen Beute, als bis dieselbe, zu Geld gemacht, zum größten Teil unter die Witwen und Waisen der umgekommenen Matrosen verteilt worden war. Eine besondere Freude aber gewährte es Reinhold, den braven Kapitänen, die in der Schifferstube der »Preußischen Flagge« die Dukaten für ihn und seine Geschwister aufgebracht hatten, dieses Darlehen blank und bar zurückerstatten zu können.

Es war selbstverständlich, dass Onkel Martin fortan im Winterschen Haus Wohnung nahm. Er und sein Freund Gotthelf gingen nicht wieder zur See. Sie wurden beide sehr alt und erlebten beide viel Freude an Reinhold und Paul und auch an Frau Luise Ambrosius und deren Familie.

Die »Jungens« aber, wie die Brüder von den beiden Alten nach wie vor genannt wurden, bildeten sich zu tüchtigen Seeschiffern aus und zählten viele Jahre lang zu den besten Vertretern der preußischen Kauffahrerei.

In Danzig hat sich seit der Zeit unserer Geschichte viel, sehr viel verändert; die Straßen zeigen heute zumeist ein ganz anderes Gepräge; das alte Haus in der Jopengasse aber steht noch wohlerhalten, sogar der Kastanienbaum breitet seine Zweige noch über dem Beischlag aus, auf dem Kapitän Winter, der Alte, und Kapitän Hammer, sein Freund, abends zu sitzen pflegten, um die kurzen Pfeifen zu rauchen und einander alte Seegeschichten zu erzählen.

Worterläuterungen.

Achterdeck	Erhöhtes Deck im achtern Teil des Schiffes
anbrassen	Die Rah stärker in Längsrichtung des Schiffes ausrichten
anpreien	Anrufen mit einem Sprachrohr
aufgeien	Die Segel zusammenraffen
backschlagen	Die Segel schlagen rückwärts
Backstagsbrise	Guter Segelwind von hinten
Bark	Segelschiffstyp mit mindestens drei Masten
Blöcke	Rollen zur Veränderung der Zugrichtung von Tauen
Brigg	Zweimastiges Segelschiff
Ducht	Sitzbank im Ruderboot
Eintörnen	Sich in die Koje legen
Faden	Längenmaß für Wassertiefen (1 Faden=1,88 m)
Fall	Tau zum Hochziehen eines Segels
Fallreep	Feste Treppe oder Strickleiter an der Bordwand
Fockmast	Vorderer Mast eines Dreimasters
Gaffel	Verschiebbar am Mast befestigtes, schräg nach oben ragendes Rundholz
Gig	Leichtes Beiboot
Glasen	Die Glasenuhr gibt durch Glockenschläge (Glasen) die Uhrzeit an
Gräting	Begehbarer Gitterrost auf Schiffen
Großsegel	Unterstes Segel am Großmast
Großtopp	Oberstes Stück des Großmastes

Hellegatt	Enger Lagerraum ganz unten im Schiff
Kabellänge	Ein Kabel bezeichnet den zehnten Teil einer Seemeile und beträgt 185,2 m
Kampanje	Hinterer Aufbau an Deck
Leeseite	Die dem Wind abgewandte Seite
Log	Messgerät zur Bestimmung der Fahrt
Luvseite	Die dem Wind zugewandte Seite
Marssegel	Segel, das an eine Rah der Marsstenge angeschlagen wird
Marsstenge	Teil des Mastes oberhalb der ersten Saling, der Marssaling
Rah	Segeltragender Bestandteil der Takelage
Reff	Vorrichtung zum Verkleinern eines Segels
Riemen	Ruder
rojen	rudern
Rüst	Gebolzte starke Planke
Saling	Holzkonstruktion, zu beiden Seiten neben dem Mast
Schanzkleidung	Bordwand oberhalb des Oberdecks zum Schutz gegen Wellen
Schoner	Segelschiff mit zwei oder mehr Masten
Schot	Tau zum Lenken eines Segels
Spanten	Tragende Bauteile zur Verstärkung des Schiffsrumpfes
Spiere	Rundholz
Spill	Drehbare Vorrichtung zum Einholen von Trossen oder der Ankerkette
Stag	Verspannungstaue. „Über Stag gehen“: Der Bug wird durch den Wind gedreht

Stenge	Verlängerung des Mastes auf einem Segelschiff
Supercargo	Ladungsberater
Talje	Flaschenzug auf dem Schiff
Tonnen	Maßeinheit für den Raumgehalt eines Schiffes
Trimm	Ausrichten eines Schiffs in die richtige Lage
trimmen	Die Segel so stellen, dass der Wind sie voll ausnutzt
Törn	Zeitabschnitt, währenddessen ein Mann am Ruder zu stehen hat
Vortopp	Spitze am Vormast
Wanten	Seile, mit denen die Masten verspannt werden